絹の糸

佐藤光子
SATO Mitsuko

文芸社

はじめに

ＪＲ立川駅の改札は二階で、東口西口と向き合っている。乗り換えの通勤者、買い物客がそこから吐き出され、吸い込まれる。南北に通じるコンコースは行き交う人でいつも混み合う。

「立川駅の混雑は、大阪の比でないね」京都に住み、大阪勤務の次男は来るたんびに言う。

私は駅ビルのルミネにあるカルチャーセンターで、二つの講座を受講していて、月に三回は立川駅を利用している。

今から四年ほど前のことである。午後の講座が済み、友人と少し立ち話をして三時半頃別れた。伊勢丹で買い物をするつもりでコンコースへ出た。何となく視線を感じて立ち止まると、前方から私を目指して来たとしか思えない女性が、私の前に立ちはだかるようにして、「貴女はシゾクの出ですね。少し話をさせてください」と言った。立ち止まった私にぶつかっていく人から庇うようにして私の腕を掴み、人通りの少ないショウウインドーのほうへ引っ張った。

肩にパットの入った昔風のスーツを着ていて、女学校教師か、婦人警官のようなきびきびした仕種と物言いだ。

私のどこが「シゾク」などに見えたものか。第一、明治四年に廃藩置県が行われて、今は士族などという言葉は死語だ。きっとこれは、新興宗教の勧誘に違いない。突然見知らぬ人に声をかけ、強引で失礼ではないか。

私は勇気を出して、「今、友達と待ち合わせているので、急いでいます」とその女性の腕を振り払い、すぐ近くの改札口へかけこんだ。振り返るのも怖い。下りのエスカレーターでホームへ逃れ、ほっとした。

始発の青梅線はまだ座る余地があった。腰かけると、胸の動悸も少しずつ収まってきた。夕べは、今日提出するエッセイの推敲を遅くまでしており、寝不足で顔色も冴えないだろう。新興宗教は、そんな生活に疲れたような女が、ターゲットにされるのかもしれない。私は思わず襟元に手をやり、姿勢を正して座りなおした。

絹の糸

目次

はじめに 3

前編　生きてきて

第一章
私の終活 10
柳堤《やなぎつつみ》 12
頭ぐりぐり 14
あだ名 22
中学生時代 25

第二章
詩人への憧れ 30
将来は 42

第三章
上京・親切な人たち 47
大学時代 52
卒業はしたけれど 57

第四章
結婚、そして懸賞小説当選 61
両親の上京 65

第五章
転機・谷合良治先生との出会い 71
新しい出発 80
隣の人 82

第六章
父の旅立ち 87
気丈な母 90
ごろんごろん 95
第七章
母の旅立ち 98
「トトトントトトン」 108
第八章
俳句と私・糸魚川『麓』入会 112
ががんぼの脚 117
握手 122
第九章
産土《うぶすな》の友達・隆介の黄泉からの手紙 129
ブリューゲルに恋した森洋子 132
第十章
高野喜久雄・不思議な出会い 140
詩人の俳句鑑賞 147
パソコンに挑む 154
再会 158
不思議な永訣《わかれ》 164
蓮の花コンサート 170
第十一章
時間のプレゼント 181
読むのも楽しい俳句 185

桜色の名刺　187
未知なる自分に出会いたい　191

後編　絹の糸・不思議なえにし

二枚の葉書　196
家系図　203
柳堤　205
呉からの返信　212
系図と呉の家族の話　217
父勇のこと　218
兄弟のこと　220
次男哲光、昭和天皇にご進講　221
母堂との話のメモ　235
呉のお墓参り　238
メモ解読　243
植木先生の私見と呉に住んだ理由　246
哲光・昭和両氏の逝去　249
上野の森　254

結び　259
おわりに　262

前編

生きてきて

第一章

私の終活

「ねえ、片付け、やっている」

久しぶりに同級生と顔を合わせると、まず終活の話になる。

先日テレビで、女性の平均寿命は八十七歳と報じていた。令和三年の今、私たちは八十四歳で、その平均寿命まであと三年近くある。

母は九十二歳まで存えたから、私もそれくらいまでは生きられるだろうと思っている。俗に子《ね》年生まれは溜め込むと言われている。私は一応仕分けをしてはいるものの、一思いに捨てられない。もう体型も変わって、決して着ることはない、思い出の洋服の包みがある。大学へ入って上京する時に使った柳行李には、写真や、高田で書き散らした詩などの一部が入っていて、密かに《玉手箱》とよんでいるものが押し入れの奥にある。

若書きの未完成の小説の類いは、いつか完成させよう。この人、将来偉くなりそうだから、この手紙は取っておこう、などとその時その時の私の物差しで選択して入れた物が入りきれなくなり、スクラップ・ブックに替えて溜まっている。

私には二人の息子がいる。私が死んだ時は、一番に捨てられると思えるほどに、柳行李は傷んでいるし、彼らには何の価値もないものばかりだから一緒に処分してほしい。

私は、私にしかできない終活をしたい。こうして八十過ぎまで何とか生きてこられたのは、家族に始まって、実に多くの人たちとの出会いがあり、その人たちに支えられてきたからだと、いつからか考えるようになっていた。

そして、その人たちのことを書こう、と。

誰彼のことをふとしたきっかけで思い出す時がある。しかし、場面が切れ切れでまた薄ぼんやりと記憶の中に遠のいていく。あんなにお世話になったのにお礼が言えないまま、お別れしてしまった人たちが殆どだ。けれど、思い出したことをきっかけで書き始めると、その人にまつわるいろいろなことが思い出される。それを一つ書くと、時折思い出す場面と繋がって、その人物像が浮き上がってきて、「こんなことがあったね」「こんなこともあったじゃないの」と、その人物がいろいろ応えてくれて（ああ、書いているのを喜んでいるんだ）と。そんな気持ちになって、生前言えなかったことも書き足せる。

そんなことから、書くことは亡くなった人への供養にもなるのではないか。

だったら、それを私の残された時間の終活にしようと思った。

柳堤《やなぎつつみ》

八十年も昔の高田は、今と違い降雪量が多く、一晩に一メートル以上も積もり、玄関の戸が開かなくなっていることもあった。静かな夜は、深々と雪が降り積もっているのだ。その雪の深さは社会科の教科書に載るくらいだった。

出自を問われ、高田だと答えると、「ああ、雪が多いあの高田？」と言われたものである。

高田は城下町だが、内濠・外濠に守られたかつての平城は跡形もない。城を囲んで武士の住んでいた所の町名には、東西南北に城の字が入り、私の住所は東城町二丁目である。しかし、古くは「柳堤」と呼ばれていたらしく、子供の頃「東城町二丁目？　ああ、柳堤ね」と、地元の人は言った。他の城のつく町は濠に接した家中《かちゅう》だが、東城町には三丁目まであるのに、東城町二丁目だけは広い田圃の中にあった。

戦時中高田は軍都で、師団司令部だった場所は、その後陸上自衛隊の駐屯地になった。雪のない季節にその駐屯地の角を曲がると、遠く眼下に田圃が広がり、九軒の農家が二か所に固まっているのが見える。

一番奥まった関川に近い所に、家を囲んで杉林がある。周囲は大人の背丈ほどの高さで石垣が積まれ、その脇に白壁の蔵がはみ出して見えた。そこが、私の家だ。

町と言うより村と呼ばれるほうが似合う風景だ。その九軒の町内に幅三メートルほどの川が流れ、その川からどの家にも小さい川が巡っている。子供の頃、その川が仕切りになっていたわけでもないが、日常的にはよその家に入り浸って遊ぶということは殆どなかった。農家は子供でも手伝うことはいくらでもあって、大事な労働力だったからだ。

私も父母や祖母と一緒に畑へ行っていた。収穫した野菜をリヤカーの所まで運ぶという、半ば遊びだったが、「光ちゃが手伝ってくれるので捗った。助かるわあ」と言われるのが嬉しくて、野菜畑にはいつもついて行っていた。

頭ぐりぐり

私は立川ルミネで、毎月宮坂静生先生の俳句の講座を一回、貴志友彦先生のエッセイの講座を二回受講している。

エッセイは課題が出て八百字でまとめる。

令和三年一月二十四日には、貴志先生の〔書き出し・結末・構成のコツ〕の公開講座があった。オンラインで受講できるので申し込んだ。二日後の二十六日はエッセイ教室の課題、「入試」の提出日である。私は息子の中学受験のことを書き、ざっと千二百字で下書きをしていた。どこを削るかで迷っており、この講座を受けてから考えようと思っていた。

この講義内容は、エッセイ教室でも折々話されることだったが、まとめて説明されると、私の書き方の欠点がいろいろと思い当たった。

終わってから下書きを読み返した。この内容なら、後でも書く機会があるような気がした。書くうえで大事なことは、（このことを書きたい、書いておかなければ）と思った時に、逃さず書くことだ。

そう思いながら炬燵の周りに散らばっている新聞を畳もうとした時、「面接で受かるコツ」という小さな見出しが目に入った。(面接―あ、あれを書こう!)、小学校に入る前の面接のことを書こうと、瞬時に決めた。

急な方向転換で、焦った。時間がない。二十四日は徹夜で書いた。二十五日は推敲を重ね、やっと二枚に収まった。

書きながら、四十年前に逝った父のことがあれやこれやと思い返されたので、懐かしい気持ちになっていた。父も書かれて泉下で喜んでくれている気がした。

お世話になった感謝の気持ちも、(これは書いておきたい)と思った時になるべく書くようにしている。するともやもやした感謝の気持ちが整理されて片付く。

書くことは単に自己満足のためばかりではない。「人」への尊敬と信頼の証ともいえるのではないかと、貴志先生の講義を受け、書いていてそう思うようになった。

入学試験の経験は、小学校の時にさかのぼる。母は自分の卒業した新潟第二師範学校の付属へ私を受験させたからである。

私は旧姓渡部と言うが、母は時々「うちは昔からの家だから」と言って、私の言葉遣いや行儀の悪さなどをたしなめた。私は子供だったので、母が言う「昔からの家」の意味に関心がなく、知ろうともしなかった。

　母の父親は、日露戦争で明治三十八年三月十日に撫順で戦死していた。母は父親が戦死してから生まれたので父親の顔を知らない。母より三歳上に女の子がいたが、病気で亡くなっていた。だから、家族は生まれてくる子には是非長生きして、家を継いでほしいという気持ちが強かったのだろう。男の子でも女の子でもいいように、千歳という名前を用意して生まれてくるのを待っていたという。(これは後に母に聞いたことだが、母は千歳なんて男みたいな名前は嫌だったので、自分で名前を書く時は、「ちとせ」「チトセ」と書いていたそうである)。

「昔からの家」の跡取りということで、祖父母に「掌中の珠」と育てられ、学校は大人の足でも三十分はゆうにかかる遠い町中の付属へ通わされていたのだった。勉強は好きで、もっと上の学校へ行きたかったという。

　しかし、詳しいことは知らないが、数代前に大きな借金を残して亡くなった人がいたとか。そのため「昔からの家」には、誠実でよく働く男手が必要だった。確かな男の跡取りも得たいと、今の妙高市に当たるところに住む評判の良い青年、高原高信が祖父のお眼鏡に適って、孫の婿養子にと早々と結婚させたそうである。

高信は、口数の少ない真面目な性質で母を大事にしてよく働くと、祖父母たちは褒めていた。私から見ると、冗談を言って笑わせるようなこともない父だったので、少し怖いように思われ、そのせいもあって私は母に始終くっついていた。

付属の入学試験は主事先生の口頭試問だけだ。母は私の付き添いで学校へ行くので、ナフタリンの匂いのする着物を着ていた。農作業する時はモンペだが、普段家にいる時も、少し綺麗な柄のモンペを穿いていた。だから他所行きの着物を着た母を見る機会は殆ど無かった。髪も髪結い屋さんに来てもらって整えたので、その日の母は見違えるほど綺麗に見え、嬉しくてたまらなかった。

前の日に降っていた雪も、朝は晴れていた。父は早く起きて私たちのために雪踏みをしてくれた。その道を私は長靴で時々スキップした。四十を過ぎた母は、かがむ姿勢の多い農作業のために、もう腰が少し曲がっていた。雪道を爪皮《つまかわ》をかけた雪下駄ではよろける。私はその度に戻っては手を貸した。母は私の手に掴まって背筋を伸ばして一息ついた。やっぱり面接に行くらしいきれいな着物を着た母子が、私たちをさっさと追い越して振り返った。私は恥ずかしいというより、母が可哀想で悲しかった。

薪ストーブのある控室で、面接の順番を待った。他にも面接順を待つ母子がいて、お互いにちらちらと様子を見ていた。

「きょろきょろしないで」と母は私の背中をさするようにして言い、「訊かれて分からんことは、ぐずぐずしないで、分かりませんとはっきり言うんだよ」と、もう何回も言われてきたことを繰り返した。口頭試問で何を訊かれるかを想定して、母といろいろ練習をしてきていたから安心だが、やはりドキドキしていた。

名前を呼ばれて、隣の部屋へ入ると、三人の先生が腰かけていた。みんな笑顔だったのでほっとした。真ん中の眼鏡をかけ、ひょろりとした男の先生が主事先生らしい。

名前を訊かれた後、「家で何か飼っていますか」と言われた。

「はい、馬がいます」と言うと、驚いたように机の上の書類を捲って見ていた。今思うと、職業欄を確かめたのだろう。農家の子は他にいなかったらしい。

「お父さんは今日、何をしておられるの」

「善導寺の雪下ろしに行くと言っていました」と答えると、よく働くねというようなことを言われた。無口な父を褒められたのが嬉しくて、「みんなに、いいムコだって言われています」と言った。途端にどの先生の顔も、もっとにこにこした。私は、良いことを言ったのだと得意だった。

面接が終わり、出口で待っていた母に真っ先にその話をした。けれど「光ちゃ、そんなことを言ったのかね」と言うだけで、褒めてはくれなかった。

母にその話を聞いた父は、私の頭をぐりぐりした。別に怒っている様子ではなかった。数日後、茶色の封筒が届き、父が封を切った。覗いていた祖母や兄たちは笑顔で「よかったね」「よかった、よかった」と私に言った。父は黙って私の頭をまたぐりぐりした。口数の少ない父のぐりぐりは、どうやら嬉しい時の仕種だったようだ。


父は働き者だということで、思い出した。私は覚えていないが、後に母から聞いたことである。

田植えは農家にとって人手を必要とし、一番大事な仕事だ。田圃に植える稲の苗が真っ直ぐに、曲がらないように植える。水に浸かって重たくなった二枚の格子を、後ずさりして植える人の先になってタイミングよく繋げないと、植える人の調子が狂う。屈んで苗を植えるのも大変だが、その「格子持ち」は、男の人でなくてはだめだ。

「結《ゆい》」といって、近所で労力を貸し合って六、七人は要る。

「今日は、下《しも》の鉄雄さんの家。明日はおら家《ち》の番だ」という具合だ。

朝早くから、田圃に入るので十時頃には腹が空く。田圃に入らない年寄りが「小昼《こびる》」を用意する。曾祖母、祖母の他に、裏の家のばあちゃんが手伝いに来ていて、鰊や昆布巻き、こんにゃくの煮物、胡麻和え、漬物や握り飯など用意していた。十時頃、田圃から若い衆が一人迎えに来て、その煮物などを茣蓙や薬缶等と一緒にリヤカーに載せて田圃へ運ぶ。たまたま日曜日だったので、私もついていく。「小昼だでねー。休みなんないかねー」と、その若い衆と一緒に田圃に向かい、両手をメガフォンにして声をかける。すると、四つん這いに近い格好で腰を折って苗を植えていた人たちが、一斉に顔を上げ、「おう」というような声で答え、ぽんぽんと腰のあたりを叩いて背を伸ばす。植えかけの苗の束をその場にギュッと差し込んで、茣蓙を敷いた畔道へと集まってくる。すぐ脇の小川で手を洗い、腰を下ろす。その人たちに、私はおてしょに箸を添えて配る。

「光ちゃんも手伝ったのかね」「うん、ちょっとばかね」「この牛蒡うんまく煮てあるねえ」「それ、裏のばあちゃんが持ってきてくんなったんだよ」などと説明する。

当時、家族の中では、子供と話をする時は「光ちゃ」のように「ちゃ」付けだったが、よその子には「ちゃん」付けをしていた。

人が集まって、にぎやかに物を食べるのを見るのは、私には嬉しい光景だった。

そんな休みの時でも父は田圃に残り、植えた跡の見回りをして、田圃の隅の空いた所に苗を挿したりしていた。それを（一緒に休めばいいのに）と思ったことがあった。

きっとそんな頃だろう。「皆休んでいる時に、父ちゃんも一緒に食べればいいのに。仲間外れにしてるみたいだよ。みんなで食べるからうんまいのにさあ」と母に言ったというのだ。

「それを、お父ちゃんに言ったら、『光ちゃがそういったのかね。まだ学校へ入ったばっかだのに、こまっちゃくれたことを言う子だ』って。お父ちゃんは『気いつけるわ』って、言いなったんだよ」

と、大人になってから聞いた。

「へー、そんなこと、言ったの。覚えていないなあ。こまっちゃくれだったんだね」

そういえば、道で会った近所の人が畑から取ってきた野菜を持っていると、つい「うんまそうなまくわだねえ」と思ったことを言う。思ったまんまを言うのに、「光ちゃんは、ほんとに如才ないねえ」と言われていたっけ。

だが、祖母や母が法事の後の漆の御椀などの片付けをしている時、手を出して手伝おうとすると、「手順があるから、ちゃわちゃわしないでいいわね」と、言われたりもしていた。

あだ名

小学校は二クラスで、今では当たり前だが男女共学だった。戦時中で、東京から縁故疎開してくる児童がいて、五十人の教室はどこも人数が超過していた。

二年生の私たちのクラスに、半ズボンを穿き背格好は中くらいだが、活発でよくしゃべる男の子が転入してきた。体育も勉強も群を抜いていて、みんなその佐藤隆介君に注目していた。終戦になっても、家が焼けたりしたため東京へ帰らない子が何人かいた。隆介君も残っていて、休み時間になるとわら半紙を折って何か書き、それを男の子たちに見せて笑わせている。

女の子たちは、何が書いてあるか知りたがった。ある時、やっぱり東京から疎開してきて、まだ東京へ帰らない伊佐ちゃんが椅子に立って、背後から手を伸ばしてさっと横取りした。高田の子供たちより、東京からの疎開児のほうが活発だった気がする。

わっとみんなで覗くと、お墓の前に数人の坊主頭が集まった絵に、何か吹き出しの言葉が書いてある。手作りのお話のようだ。高田の寺町を舞台にしているらしい。

私も書くことが好きで、母にわら半紙を綴じてもらった手作りのノートに、短いお話のようなものをこっそり書き散らしていたので、仲間がいることが分かって嬉しかった。けれど、彼みたいに他の人に見せるなんてしょうしくてできなかった。

＊

小学校の頃、「わんちゃん」という綽名が付いた。

高校卒業まで高田にいたので、高田時代の友人は私のことをわんちゃんと呼ぶ。

友達はわんちゃんと私を呼びながら、「どうしてわんちゃんなの？」と不思議そうに訊く。私は説明するのが面倒で「さあ、きっと犬ころみたいに人の後をついて歩いていたからじゃないの」と、他人事みたいに言っていた。

七十年も由来を知らないで、学校の友達はそう呼んだり、返事をしたりしてきた。その綽名を付けた時の弥生ちゃんや伊佐ちゃんは、もう鬼籍に入ってしまったから、書き残しておこう。

南城町の「榊神社の並びの外濠の前に、堀口大學という偉い詩人が疎開してきて、まだ住んでいる」と、先生が言った。どんなに偉いか説明もあったと思うが、小学四、五年生には無理だ。覚えていない。ただ、大學という名前が面白くて、帰りに寄り道してその家を探そうと、好奇心の強いよし子ちゃんが言い出し、一緒に帰る四人で決めた。外濠の周囲はいわゆる家中で、高田城を囲んで当時の藩士の家来が住んでいた武家屋敷だ。

どこの家にも生垣があり、表札は少し奥まった玄関に掛かっていた。一軒ずつ確かめて、「ここじゃない」「ここでもない」と行くと、生け垣の中に放し飼いになっている犬が吠えたてた。私が思わず「わんわん」と応じたら、「え？　今の声、渡部さん？　ほんとの犬みたい」「ほんとだ。渡部さんの声、犬にそっくり」「今度から、渡部のわから、わんちゃんと呼ぼう」と、綽名がついたのだ。

もう探すのに飽きて、皆で「わがつくから渡部のわんちゃん」「渡部のわんちゃん」「わんちゃん、わんちゃん」と節をつけて歩いた。

十歳か十一歳頃からの綽名だ。綽名なんてそんな他愛もないことからつくものである。教師になって、同学年の先生が「サッチャーと呼ぼう」と大変な綽名をつけて呼んだので、「やめてください。畏れ多い」と断った。

その後、転勤した学校では、野村監督の奥様に似ているからと、悪童たちから「サッチー」と呼ばれたこともあった。

「わんちゃん」は、渡部、佐藤よりも長く呼ばれている。私自身、故郷と同じ懐かしさ、温もりのある綽名で気に入っている。

中学生時代

中学生時代の一番の思い出は、演劇をして舞台に立ったことである。

当時の高田市は周辺の市町村を統合して広い上越市になる前なのに、県立の高校が高田、北城、工業、商業、農業の他、私立の男子、女子高がある学都だ。

年に一回秋に、市内の高校が全部参加する「合同演劇発表会」もあった。

高田の第二師範は新潟大学高田分校に名前は変わったが、付属は中学校も小学校と同じ二クラスだ。兄弟はだいたい同じ学校だったし、名札を付けていたので、全校三百人の生徒の名前は殆ど憶えられた。

中学生なのに、三年生がその演劇発表会に参加したいという。男子の大体は、難関の高田高校の受験に向けて必死に勉強している時に、である。第一、先生方は新制の中学になってその体制に取り組んでいるので、そんなことに関わっている時間はない様子だ。

「『銀の燭台』をやりたいのです。脚本はあります。主役や監督も決まっています。自分たちで全部やり、先生に迷惑をかけることはしませんから」と、くいさがったらしい。

それを申し出たのは、監督をするという玉泉八州男、ジャンバルジャン役の西片葵、ミリエル司教役の小和田隆で、先生たちもその熱意に根負けしてか、ついに許可が下りた。だが、受験まで三か月程しかない。だから協力の呼びかけをしても、ほかの三年生は、誰も役者や裏方をするとは言わない。

急遽二年生の演劇部員たちに応援依頼が来た。

私たちは新制中学の四期生だが、まだ校舎はない。かつてのお城は跡形もなく、戦時中は高田に師団司令部が置かれ軍都となって、城跡には兵舎が立ち並んでいた。

それが、終戦で付属中学の仮校舎となった。兵舎を仕切った教室には太い柱があって、視界を遮り、黒板を見るのに立ち上がったりした。先生も半分は大学から掛け持ちで講師として教えに来た。

部活もあったが手不足で、体育系以外は顧問の先生として指導することはできなくて、名前ばかりの顧問だった。

私は詩を書きたかったが文芸部はなく、友達に誘われて演劇部に入っていた。男子生徒は演劇部になど入らない。女子の上級生の指図で、「野菊の墓」とか「たけくらべ」など教科書にあるような話を劇にして、衣装や背景だけで文化祭で演じていた。

玉泉さんたちは演劇部でもないのに、何やら本格的な台詞回しで、照明や音響も使って劇をするのだという。私たち下級生は異常に興奮し、毎日が無我夢中で言われるままに動いていた。

ミリエル司教役は背筋がピリッと伸びていてまさにはまり役だったし、ぼろをまとったジャンバルジャンの台詞には、稽古中なのに皆引き込まれた。私は老女役で台詞はなかったが、登場し退場するタイミングなどにとても緊張して舞台に出ていた。

その発表会の結果、「高校生に交じって、劣らぬでき栄えだった」と、翌日の新聞の地方版に報じられた記憶がある。

玉泉さんは東大を卒業し、後にシェークスピアの研究でサントリー学芸賞を受けた。小和田さんはやはり東大から弁護士になった。小和田恆氏のすぐ下の弟さんで、雅子さまの叔父様にあたる。

好奇心が旺盛な人たちで、勉強もさることながら、「中学時代にこんなことをした」、と自分の中で言えるようなものをしたかったようだ。やっぱり玉泉さんにはシェークスピアの研究家になる芽は、中学の時からあったのだ。

それに関わった私たち二年生は、皆この時の緊張感が忘れられず、大人になってからの同窓会でも、その時のことを思い出しては話題にしていた。

その中学生の頃、私は少女雑誌や地元高田の新聞に投稿していた。その新聞には滅多に載らなかった。当時の少女雑誌は「少女の友」「少女倶楽部」などで戦前からあるものと、「少女」「少女サロン」は戦後になって発行されたもののようだ。その新しい雑誌に、私は詩や短歌、短文の読者感想などを投稿して、たまに採用されていた。

（「少女倶楽部」だったかに、小西香という四国の高校生が連載小説を書いているのを読んで、「凄いなあ」と憧れていた。大人になったら絶対立派な小説家になると信じていた。しかし、その名前での作家はいないので、その少女の、その後のことを今でも知りたいと

思っている）

演劇をした三年生が卒業した春休みに、偕成社の『少女サロン』から、「少女時代をいかに過ごすか」というタイトルの座談会に招かれた。この雑誌に連載小説を書いている、北条誠を囲んでの座談会だった。

招かれた五人のうち四人は中学の制服を着ていたが、童謡歌手の大道真弓さんだけ、フリルのついたワンピースだった。

父の兄さんが亀戸でセルロイド工場を経営していたので、お盆には父の実家でもある妙高に帰ってくる。夏休みなのでその伯父と一緒に上京したことは何度かあった。

三月末の高田は残雪が所々にあって、晴れていても雪解風《ゆきげかぜ》は肌を刺す冷たさだ。そんな季節に初めて上京したので、（なんて暖かい、気持ちのいい風なんだろう。将来は東京に出てきて、働きづめで腰の曲がった母ちゃんを、こんな風の中で過ごさせてやりたいなあ）と思ったのだった。

第二章

詩人への憧れ

付属は中学校までしかないので、高校へは受験しなければならない。学制が改定され、私たちは新制高校の七期生だ。今まで県立の普通高校は男子校、女子校と分かれていたのが男女共学になった。県下有数の進学校である高田高校は、周辺の中学から成績の良い生徒が受験していた。付属の男子のほとんどは高田高校を受験した。

高田高等女学校は男子を受け入れることになり、地名から北城高校となった。女子高という名残もあってか食物科というクラスもあって、学年七クラスのマンモス校だ。中学の頃勉強のできた女子で大学へ進むと決めている同級生の六、七人は高田高校を受験した。

私の家の隣町、隣町とはいえ何枚もの田圃を隔ててではあったが、東城町一丁目は、以前は藪野と呼ばれていた。植木姓の祖母の弟が分家して住んでいた。家は高田農業高校から少し離れた通学路に面している。母の従兄弟に当たる正季《まさとし》は二歳年上で、その学校に通っていた。

私の家は田圃に囲まれ、人の通りは全くない。祖母はこの藪野の季《とし》ちゃんの家に来ると、上がり框に腰を掛ける。そして、「ここで、こうして外を見ていると、人が行き来しているのが見えて、まるで活動写真を見ているようだ」と、言ったものである。私も、用を言いつかって、藪野の家へ行くのが好きだった。

ある日、季ちゃんの家の前で自転車を停めて、立ち話をしていた。他愛のない話で笑っていたのに、急に季ちゃんは立ったまま膝頭を揃えるようにして、「こんにちは」と頭を下げた。

私は思わず振り返ると、背の高い男の人が、「うむ」というように頷き、振り返った私をチラと見、その目が一瞬止まったが、すぐに顔を真っ直ぐにして通り過ぎた。「誰？」いつも陽気でにこにこしている季ちゃんが、緊張した面持ちになったのがおかしくて訊いた。

「数学と土木を習っている先生」

「へえー、季ちゃん、コチコチになっていたね」と冷やかすと、

「おっかない先生。にこりともしない。それで、詩を書くんだってさ」

「え、詩を書くの」

「なんか、有名みたいだけどね」

「詩人?」つい先日地元紙に詩が載った私の胸は早鐘を打った。

「ねえ、季ちゃん、あの先生に私の詩を見てもらえるか、訊いてくれないかなあ」

どんな詩を書くかも知らないのに、こんな田舎だから、「詩人」と聞いただけで、私は憧れを抱いてしまった。

今度、またこのくらいの時間にここで待っていたら通るだろう。その時、季ちゃんが頼んでくれたらいいな、と思いついたのだ。

「おれが?　やだ、やだ、やだ!　絶対やだからな」と言う。「おれなんか、馬鹿にされて、一晩掛かって仕上げた橋の設計図を見ただけで、『ポチが歩いても落ちる』って言ったんだぞ。高野だけはやだからな」と、家の中へ逃げ込んでしまった。

ふーん、高野っていう先生なんだ。

北城高校へ入っていたので数学の先生に、「農業高校の高野先生、知っていますか」と訊いた。「ああ、数学の教科会で一緒だから知っている」と言う。私はすかさず「詩を教えてくださいと、頼んでもらえませんか」と言った。

私の詩がたまに新聞に載ったことがあるのを知っていたのか、数学の先生は何も聞かず、「ああ、今度会った時に、な」と言ってくれた。

暫くして数学の先生が、「高野さんは、渡部の投稿した詩を読んでいたらしい。はい、これ」と高野先生が「あなたの、詩の会の参加、歓迎します」と書いた名刺を渡してくれた。私はすっかり舞い上がった。

日を置かずに、高野先生から数学の先生を通して一冊の本が届けられた。その本は出版されたばかりの、創元文庫『日本詩人全集』第十一巻「戦後百人集」だった。百人の顔写真が最初のページに載っている。原民喜、井上靖、鮎川信夫、谷川俊太郎なども一緒だ。高野先生は女の人のようにふさふさした髪をオールバックにして、自然な感じで笑っていた。季ちゃんの所でちらっと見た時とは全く違って見えた。

風

コオヒイも　骨も
僕も去った
砂を噛みながら。

クートオの絵の前で
錆びたナイフをもてあます
文明
のために頭をふるといきなり
壜よりも黒い僕にぶつかる。
僕はどこにもいなかったから。

（何、これー）高野先生のこの詩は、私には全く理解できなかった。この後にも意味不明な言葉がまだ続く。この詩の他にも、やはり難解な「釦のメランコリイ」「皿」もあって、どれも、高野先生の言わんとしていることが私にはわからない。

私は高村光太郎の「道程」や島崎藤村の「初恋」を愛誦し、地元高田の新聞には、「蜘蛛が銀の糸を織っているのに　今　私の心に銀の糸が乱れる」などというような詩を書いていたのだ。

高野（高野先生は後に、「書くものの中で、『先生』を付けられるのは嫌だ。あなたにとって先生でも、読者には先生ではないから、高野と呼び捨てにするか、彼と書くようにしてください」と言われた。したがって、本書でも以降、高野と呼び捨てで書く）は、他の先生たちのように、「お前」とか「お前ら」などと言わず、詩の会で女の人には「あなた」と言っていた。

私は「あなた」と使ったことのない言葉をそっと口にしてみて、素敵だな、と思った。季ちゃんは高野のことを悪く言っていたけれど、やっぱり詩を書く人は男でも上品だと思った。詩の勉強会の案内が届き、「一度、いらっしゃい」と書いてあった。

指定された日に「見学させてください」と行ってみたが、参加者は新潟大学の学生や教師と思われる人たちの集まりだ。しかも、プリントして渡された作品は、どれも高野の詩のように難しい言葉が並んでいる。

「皆さんの詩はとても難解です。私にはついて行かれません」

と正直に言って、参加するのをやめようとした。

「みんなの話を聞いていると、だんだんわかってくるから。詩を書いてこなくてもいい。とにかく皆の詩を読むのも勉強だから、続けていらっしゃい」と、高野は私を励ましてくれた。

高野は当時二十四、五歳だったが、

いかなる慈愛
いかなる孤独によっても
お前は立ちつくすことは出来ぬ

に始まるこの代表作「独楽」などもガリ版刷りで、私たちに配られた。次の詩は平成になってから、高校教科書の『新編国語Ⅱ』（東京書籍）に、〈現代の叙情・詩〉として、萩原朔太郎「竹」、宮沢賢治「雲の信号」、吉野弘「I was born」と一緒の教材で載っている。

崖くずれ

誰のこころも
見えないけれど　けわしい山々だ
きり立つ断崖だ
誰も　登りきれた　ためしはなく

頂きには　飛ぶ鳥もない
道もなく　しるべもない
かなしく　きびしい山々だ
ただ　深くもだすものだけに
かすかに　聞えてくることがある
崖くずれ

詩の後に、「高野喜久雄　一九二七年（昭和二年）新潟県に生まれた。詩人。自己の生の意味を問う、さまざまな比喩的表現を使用した、透明な情感の漂う詩風に特色がある。主な詩集に、『独楽』『存在』『闇を闇として』などがある。」と写真と共に紹介されているが、この詩も高田で書かれた一編である。

角川から出ている『高等学校　国語表現・ことば』には、「声に出して――朗読・スピーチ・ディベート」の、詩の朗読「風が告げて行く」がある。

人間《ひと》は何処《どこ》から来たのか
そして人間《ひと》は　何処へ行くのか

そこに「なぜ」「なぜ」と問いかけて、最後の連で

風が告げて行く　この問いのすべてを
心に問え　己に問えと

と結んでいる。

この詩は九連からなるが、最もわかりやすく、高野の詩の原型と言えよう。後に知ったことだが、日本を代表する有名な合唱組曲「水のいのち」の歌詞は、高田時代に書いた詩だが、作曲家高田三郎の目に留まった。乞われて合唱曲用にわかりやすい言葉に書き替えたそうである。教科書にある、この「風が告げて行く」などは合唱組曲『確かなものを』の中の一編である。『水のいのち』の第一曲目の「雨」も音楽の教科書に使われている。（これは余談だが、次男の嫁の伸子は京都生まれで、ミッション系の学校へ

行っていたので、高野作詞の讃美歌を歌っていた。また、もう何年も前から大阪市、京都市の合唱団へ入っているので、「水のいのち」を歌っていて、私は因縁を感じていた。）

高野はあの「高田の詩の会」で、多くの詩を発表していたのである。

私はじきに落伍してしまったが、高田のような地方の小都市でも、高度な詩の会が開かれていて、今もその流れの「上越詩を読む会」で勉強会が続いている。当時の詩の会で勉強していた新保啓氏によって引き継がれたものである。新保氏は後に潟町町長としての公務で忙しかったと思うが、上越には力のある詩人が育っている。

佐渡出身の高野は、徴兵を逃れたいと宇都宮の学校を出て教職に就いたと聞く。高田高校で優秀な生徒を教えたかったが、数学・土木にしか空きがなかったそうで、不本意ながら高田農業高校の教師として赴任したのだと、誰からともなく聞いていた。それがあってか、「加茂農林高校は、新潟一の農業高校だ。絶対に追いつき追い越すのだ！」と、レベルを上げようとして容赦なく落第点を付けてしごくので、随分生徒たちに嫌われている様子は、季ちゃんからも感じていた。

なんでも生家は佐渡きっての旧家で、その頃は佐渡で三本の指に入る秀才だったとか。

当時は、家が商家だと商業高校へ、農家だと農業高校へ、大工さんのような仕事に向いているとと思えば工業高校へ進む。大学を目指す中学生は高田高校を受験した。偏差値という言葉は無かった時のことである。農業高校にも優秀な生徒はいたはずである。事実「こんな橋の設計図じゃあ、ポチが歩いても落ちる」などと、季ちゃんのように皮肉られた生徒たちの中には、一流企業に採用され、新幹線の設計などにも携わった人もいたらしい。季ちゃんも中学の技術の先生になり、野球部の顧問をしていた。

高野のしごきのお陰かもしれない。

私は、高野の詩が難解で理解できないことが多いのに、「そのうちにわかってくるから、続けてくるのですよ」という言葉に励まされ、また、高野に会えることが嬉しくて、月一回の会に出ていた。

だが、それから一年くらい経った詩の会に、高野は、「こちら、ワイフ」と、バーグマンに似た美しい女性を伴ってきて会員に紹介した。

私はショックを受けた。自分が勘違いして、背伸びしていることに気が付き、みじめさと、自己嫌悪に陥った。

私は、高野のことを何も知らないで、熱くなっていた。

ショックは私を冷静にした。背伸びをしてもとても理解できない、私には難しい詩の会だ。これを機会に詩の会に出るのを止めようと思った。

高野には、難解でその上受験の準備があるためにと、理由を書いて葉書を出した。

「とても、残念ですね。受験勉強、しっかりやってください。でも、詩ができた時は、見せてください。数学でわからないところは、聞きにきてください」と親切な文面だった。

高野の小さくて丸っこい文字の葉書を私は、何度も取り出しては眺めていた。

私は、バーグマンにショックを受けながら、高野と縁が切れることに未練があり、その後二回ほど詩を送った。いずれも私を喜ばせる批評と、「あなたにはセンスがあります。詩ばかりでなくても、自分の感じたこと、考えていることを書く習慣を是非身につけてください」と、どれにも励ましの言葉が添えられていた。

高野はＮＨＫ新潟放送局ラジオ文芸の選評なども担当していて、広く名前が知られている様子だ。

ある時、通りかかった城址公園で数人の女性たちと談笑している高野を見かけ、気づかれないように避けて通った。

私の手の届かないところにいる高野だと、自分に言い聞かせて詩も送らなくなった。

将来は

高野の所の詩の会はきっぱりあきらめたが、その少し前から山本茂美の『葦』という人生雑誌に思うことを投稿していた。

高野に対する憧れの気持ちなど書いて気分を消化していたのだが、「その年ごろの女の子の心理が良く書けている」などと評されて結構採用されていたので、そこで散文を書くことを続けようと思った。

しかし、周囲は受験や就職のことで浮足だってきた。私も受験を考えなければ、という気持ちになってきたが、どこの大学を、という目的も定まっていない。

大正生まれの長兄は、戦争に行って腕は曲げられるものの、戦傷で肘がケロイドになっていた。母の父親は日露戦争で戦死していたので、兄が帰還できたことの、父母たちの安堵と喜びようは、小学生だった私の記憶にもはっきり残っている。

しかし、以前とは少し空気が違って家の中が重苦しく感じられた。何より兄が無口になった。腕のケロイドのせいの気がしたが、大人たちは口をつぐんでいた。父や母はその怪我について訊いていたらしいが、子供の私や下の兄などには、何か隠している様子だ。もともと、がやがやと賑やかに話をし、大声で笑うような家ではなかったが、母はそれから兄に気を使っている感じがした。

けれどその兄も結婚して、父母と農業をやっていた。物心ついた当時は、家じゅう休みなく働いている感じだった。農地改革などもあったが、先々代の借金の返済も済んだ様子だ。私が四歳の時に曾祖父は亡くなったが、葬式には大勢の人が来たという記憶がある。母はその祖父から「千歳は家をしっかり継ぐんだぞ」と、刷り込まれていて、私の祖母や父よりも家の再興に責任を感じていたのだろうか、家の中のこと——ご飯を作ったり掃除洗濯は曾祖母がしていて、父は勿論、祖母や母はずっと外働きをしていた。少し生活に余裕が出たらしく、六歳上の兄は東京の大学を卒業して中学の教師になった。それと入れ替わりなら、私も東京の大学へやってもらえるものと、漠然と思っていた。

北城高校は今は男女共学だが、もとは女学校だった。女子が更に上の学校へ行くといえば、師範学校から名前を替えた新潟大学高田分校、後に上越教育大学と改名した学校をさしていた。それから看護婦、栄養士の資格を取るためとか、服装学院などセンスや技術を身に付ける学校が選ばれていた。単に東京の女子短大へ行くのは、嫁入りの箔付けと思われていた。

しっかりとした目的もなく、男女共学の四年制の大学へ行こうという私のような生徒はいなかったかもしれない。だいたい、大卒の女性の仕事は、教育関係以外は一般事務しかなかった。マスコミ関係は勿論で、女性へ就職の門は開かれていない時代だった。

小学校から高校まで一緒だった有沢洋子さんは、「女は女らしく」という家庭の方針とかで、成績は良いのに高田高校を受験しなかった。三年生になると、お茶の水女子大を受けるという目標を定め、入学試験にない科目には早退し、家庭教師に来てもらって勉強しているという噂だった。

家はバテンレースの工場を持つ、お嬢様だ。小さい時からピアノを習い、日本舞踊も習っていた。小学校の学芸会の時に傘を翳して、「雨降りお月さん雲のかげえー」と踊ったのを見て、学校から帰ると、畑仕事をしている母の所へ行って、遊び半分に手伝ったりしている私とは違う世界にいる子だと思った。

彼女にはしっかりとした目標があって、あの受験勉強ぶりではきっと自分の未来を切り開いていくに違いないと思った。

新制高校で男女共学になったとはいえ、当時の女子系の高校は、進路指導にそれほど重きを置かなかったのか、高校三年生になってもクラス担任と将来のことは話題にならなかった。それでも一学期の半ばに担任の先生は、「おい、渡部。お前は新潟大学を受けるんだろ。数学をしっかり復習しないと、落ちるぞ」と言った。

友達ともあまり進路の話をしていなかったし、私が東京へ行きたいと思っているなどと想像もしていない様子だ。

そんな時、たまたま国語の先生が、「どこを受けるんだ」と訊いた。

「東京へ出たいのですが」と初めて他人に打ち明けた。

「だったら、私の出た國學院はどうだ。戻ってきて、高校の国語の先生になったらいい」と勧めた。受験勉強らしいことは全然していなかったので、「そこ、私でも受かりますか」と、他人事のように訊いた。

「ま、やる気があるならな。英語と国語と社会の三教科だから、今の成績なら何とかなるだろう」と。

私は、「こくがくいん」「こくがくいん」と、聞いたこともない学校の名前を唱えながら家に帰った。

母に「東京の『こくがくいん』という大学を受けたい」と頼んだ。

「え？　そんな学校あるのかね。聞いたことないね。男女共学かね」

「うん。神主の子の行く学校らしいよ。そこを出て、だいたいみんな先生になるみたいだよ」

「神主の学校ねえ。仏教ならいいのにー。先生になるんだったら、新大でいいねかね」

私の家は、普段から成績のことには煩く言わない。しかし、数学で落ちるかもしれないと担任に言われたとは言えなかった。

「だって、小さい兄ちゃんも東京へ行ったんだし」

「まあ、お父ちゃんや大きい兄ちゃんにも相談してみて。それからだわ」と言った。

以前中学の春休みに、少女雑誌の座談会に呼ばれて東京へ行った時に、高田と全く違った暖かい冬のあることを体感した。そして、ゆくゆくは東京に住んで両親を呼び寄せて楽をさせてやりたいという気持ちをもった。

それは今も変わりはなかった。何より高野が私にセンスがあると言ってくれたのが励みとなっていた。物書きになりたいという密かな願いもあった。そのチャンスは、東京へ行っていればあるのではないかと思われたのだ。

第三章

上京・親切な人たち

私は國學院に合格した。

国語の先生は、友人が大学にいるから身元保証人になってもらって、寄宿舎へ入れるように頼んでやろうかと言ってくれた。

どんな形にしろ、お世話になって「卒業したら、母校へ戻って来いよ」などと行く手を縛られるのは嫌だ。

もしかしたら、高野と同じ高校にならないとも限らないなと、ちらとそんな思いも横切ったが、「東京の親戚と相談してみますから」と断った。事実、東京都に勤めていて、日比谷公園の園長をしている、「遠い親戚」の市川政司さんに頼んだのだった。「大学は渋谷にあるので、井の頭線一本で通えるほうがいいのですが」と言った。するとすぐに、牟礼に住む村松さんを紹介された。

村松さんは井の頭公園の園長をしておられる。訪ねていくと、五十前後のにこやかで、穏やかに話をされる感じの良い方だった。武者小路実篤の【新しき村】の会員であり、大変な読書家で、広い敷地の別棟に書庫もあって、「いつでも、好きな本を読んでいいですよ」と、書庫の鍵の在りかも教えてもらった。

井の頭の御殿山にあんなに広い土地に住んでいる村松さんの先祖は、どういう方だったのだろうと、今になって思う。

背中合わせに、高い塀を隔てて黒っぽいしゃれた建物があった。気になって訊くと、私と八歳しか違わない二十代ですでに名を成している作家の津村節子と吉村昭夫妻が住んでいるという。田舎者の私には夢のような土地だった。

村松夫人もインテリだった。薬剤師で、お習字の段などいろいろな資格を持ち、外出がちだ。それに大学受験を前にした男の子と小学生の女の子もいた。そのような環境で、村松家では私の世話はできないが、上司の頼みなので何とかしたいと思われたのだろう。

村松さんの家から六軒離れた山上さんという、奥様同士が仲の良い家の二階の一間を、食事なしで借りることはどうかと連絡を受けたのだった。

当時の学生は、学校の寮に入るか、普通の家の食事付きで部屋を借りるか、部屋だけ借りて外食するか自炊するかの生活だった。

山上さんには私と同年の男の子を頭に四人の子がいる。私に食事付きで部屋を貸すのは大変だと、三千円で部屋だけ借りることとなった。台所は使えないので、朝飯昼飯は学食で、夜のご飯だけは村松さんの家でいただくことになった。新潟の田舎では考えられないほど、東京という所は食べ物を売る店が多い。食事がつかなくても生活ができた。

山上さんのご主人は国家公務員だが、送迎の車が来るので偉い方なのだろう。

もちろん部屋代を生活費にする目的ではなく、仲の良い村松さんの頼みなので断れなくて引き受けてくださったことのようだ。

その山上さんの奥様の生家は、茨城の大地主の家柄らしく、嫁入り修業もきちんとされていたようだが、堅苦しくはなくおおらかな方だ。その上人目を惹くほどの美人だ。

夕暮れ時、吉祥寺駅から井の頭公園の七井橋を通って帰ると、何度か違う男の人に後を付けられたことがあるのだと、村松夫人から聞いた。

「光ちゃん、光ちゃん」と、自分の子供のように接してくださる。おかずをもらったり、誰もいない昼間は階下へ呼ばれた。「何もないけど、一緒に食べると美味しいから」と、昼ご飯を御馳走になって田舎の話をした。おばさんの子供の頃の話を聞かせてもらったりすると、東京にいるとは思えない安心感で、本当に有難い出会いだと感謝していた。

一度父と母が訪ねて来た時、親戚が来たように座敷へ通し、お茶を出し、お風呂を沸かして、「汗を流して、ゆっくりしてください」と歓迎された。

父母は「まるで旅館に来たみたいだ」と、恐縮していた。

どう見ても、わずかな部屋代はいつも赤字だっただろう。それほど気前が良く、芯から親切な人であった。

ご主人は一ツ橋大学のボート部にいたとかで、スポーツマンらしくさっぱりして、奥様同様に鷹揚な方だ。私の突然の闖入にも、全く違和感なく受け入れてくださっていた。

決して広くはなく、むしろ子供部屋を一間私のために明け渡すことになったのに、子供たちも皆、「光ちゃん」「光ちゃん」と呼んで親しんでくれた。

村松さん夫妻も自分の家に引き取れないことを申し訳なく思ってか、何かと親切に気を使ってくださる。これは「遠い親戚」のお陰だ。

この環境から、私は他の人には親切にするということを教えられ、私の人生の活きた手本、良い影響をいただいたと感謝している。

私の田舎では、作物の植える時期や収穫の時期はもちろん、冬も藁仕事などで一年中仕事に追われている。夜は皆疲れ切って、お茶を飲んで談笑をすることもなく寝てしまう。そんな田舎の生活しか知らない私は、二軒の家に自由に出入りしていて別の世界を知った。夫婦で音楽会へ出かけたり、子供たちを連れて美術館へ行くという生活のあることに、カルチャーショックを受けたのだった。

私が東京に来たことを、高野に葉書で知らせた。

「あなたはなぜか気になる人です。前から言っていますが、あなたにはセンスがあります。詩でなくてもいいですから、何らかの方向で自分を表すことを、東京の生活の中で見つけてください。東京で何か困ったことがあったら訪ねてください。詩を書く人たちです」と、高野の名刺二枚に女性の住所を書いて送ってくれた。高野は女性にもてるのだなと、以前、城址で女性に囲まれて談笑していた光景を思い出した。

大学時代

大学へ入ると何期生と言われる。私は、院友二百七十名の67期生だった。随分歴史のある学校だと入って知った。文系なのに男女の比率は八対二か七対三で男性が多かった。生家が神主ということによってであろう。

クラスは名簿順で決まった。クラス担任は色白でおっとりとして、品の良さを感じさせる丸谷才一氏だった。

若いが既に作家として名の知られた方で、四十二歳の時、「年の残り」で芥川賞を受賞された。

しかし高校と違って、担任でも普段は言葉を交わすことは無かった。先生と話をしたのは、奨学金の申請で面接した時ぐらいだ。

「家は農家なので収入は秋のお米の収穫が主で、奨学金がいただけたら経済的に助かります」と言うと先生はなるほどと頷かれ、書類に何か書き込まれた。暫くしてから受給の通知が来た。家からの仕送りは一万円だった。山上さんへ三千円の部屋代を払っても何とか生活できたが、奨学金は有難かった。

俳句に有名人が出ている大学だと後から知った。同好会についての情報を得ていれば、そういう方面の部会を見学に行ったかもしれない。高校の国語の先生からは、そういう話は聞いていなかった。ただ小説を書くというグループを覗いたが、みんなよく本を読んでいるという印象があった。こういう集まりは、高田での詩の会に出たときに経験していたが、みんなは話す人に集中して静かだった。それと比べると、読んだ小説の感想を声高に話している一方、三、四人で他の話をしていて、雑然としたサロンのようだ。私は口下手で当時の本も読んでいない。田舎者でその場にぼおっとしていて疲れたし、楽しくなかった。

私は、『葦』の時のように気ままに書きたいと、改めて思うのだった。

本屋の店頭に、「心の表現を求めているひとに」という小さな文字でうたい文句の書かれた『文章倶楽部』という牧野書店から出ている八十円の雑誌と並んで、小田久郎発行人の「文学入門雑誌」と書かれた、思潮社から出ている九十五円の『文章クラブ』が目に留まった。両方ぱらぱらと捲って見て、（こんなに書きたい人がいるんだ！　やっぱり投稿雑誌でやってみよう）という気持ちになった。

二冊を比べてみて、どちらにも三島由紀夫や伊藤整など、当時華やかに活動している顔ぶれの作品が掲載されている。

『文章クラブ』の方に、「文章クラブ支部一覧」というのがあり、三多摩支部の連絡住所が載っていた。とにかく、そこへ一度行ってみようという気持ちになった。

今、当時の雑誌を持ち出して傍らに置いてあるが、短編小説の実作指導は丹羽文雄、詩は鮎川信夫と伊藤信吉とあり、入選作品は講評と一緒に掲載されている。当時それを見てわくわくしたことが思い出された。

私のようなぽっと出の田舎者が、よくこんな真面目な本に出合ったものだと思う。

三多摩支部へ電話で問い合わせると、佐藤武が世話人で、各人が書いたものを印刷して同人誌を出しているという。『文章クラブ』に作品の応募をする前に、仲間で作品を批評しあう鍛錬会で月に一度、第四日曜に小金井に会場を予約しておいて集まるのだと説明があり、入会を歓迎すると言われた。

第四日曜にさっそく行ってみると、十人ほどの若い男女が集まって同人誌用の作品を点検していた。見たところ、十代の私が一番若いようだ。

世話人の佐藤は穏やかで誠実な感じがし、集まっている人たちも落ち着いた雰囲気で私を歓迎してくれた。自己紹介を聞いていると、社会へ出ていても書きたいという人の集まりだった。私はそこの仲間に入れてもらおうと、すぐに決めた。

私はその会に入ってから、少女小説のような子供っぽい小説を書き始めた。『文章クラブ』の編集部からは、後に思潮社の社長になった小田久郎氏が時折活動の様子を見に訪ねてきて、励ましてくれていた。

佐藤とも話をするようになった。八王子の生まれで、隣に住む同級生のお兄さんを「豊ちゃん、豊ちゃん」と慕い、豊ちゃんにも可愛がってもらったことから、文芸に関心を持つようになったのだという。

その人は三好豊一郎といい、詩人として知られていたという。何だか、みんなそんなきっかけがあるのだなあと思い、高野を知っているかと訊こうかと思ったがやめた。

佐藤はその影響から、北川冬彦の『時間』の同人になっていて、もう何回も鮎川信夫の選に入っていた。それだけの実力があるのに勉強会にいる必要もないと思われたが、どうやら佐藤の後を継ぐ支部長がいない様子だ。佐藤は強いリーダー性があるわけではないが、人の意見に耳を傾け、適切な考えをいう。ものを書く人には、結構個性的な人がいる中を、丸く纏める人徳のようなものを具えているようだった。

しかし、佐藤も社会人で日野自動車の経理部に勤めており、仕事の忙しさから退会しなければならないと聞くと、残念で寂しい気持ちになっている自分に驚いた。

私は小説を書くのには、高校時代に人生雑誌に投稿していた経験が参考になっていた。『葦』に投稿してくる若い人の悩みやものの考え方など、ヒントになったからだ。登場人物は、友人、知人の容姿や性格を借りた。職業も周囲の環境も、私自身が目にしたり聞いたりしたことで、説明できる範囲にしていた。そのように書きながら、私は自分の視野の狭いことに気が付くのだった。その中に、高野も国語の先生などに似た人も何回か登場した。もちろんそのままではなく、単に男性を描く時の参考にしていたのだった。

私は、丹羽文雄の佳作に入ったことはあるが、書いてみればみるほど登場人物の心理を追う小説は難しいと思うのだった。

國學院の学生は経済的に苦しいという様子はないが、地味で堅実な育ちの人が多く思われた。その点、派手なことには二の足を踏む私にはその校風は向いていたのかもしれない。ただ、女の友達には私のように将来物書きになりたいというような夢半分の人間より、アルバイトで巫女をするなど、現実を生きていた。

そんな学生生活だったが、同じクラスの人たちと奥多摩の山に登ったり、長野出身の人の案内で、藤村の妻籠を泊まりがけで歩いたりもした。教育実習のグループとは、実習後も旅行して学生生活を楽しんでいた。

しかしそこでも、私のように書きたいと意気投合する友人には出会えなかった。

村松さんや山上さんは、机に座ってコツコツと勉強をしている様子のない私を、卒業後どうするのかと気を揉んでいる様子だった。特に村松夫人は、上司の市川さんの手前、就職よりも良縁を勧めたいという気持ちが見えた。高校三年の息子さんの家庭教師で二歳上の早稲田の政経学部の学生を、「将来、絶対大物になる人だから、お付き合いするといいわよ」と、焚きつけた。この話の続きは61ページに書くとして、私は、私の大学受験の時と似て、卒業後はどうするかという焦りを感じていなかった。

卒業はしたけれど

昭和三十年頃は、四年制の大学を卒業しても今と違い、殆ど就職募集はなく、教職を除いてはデパートの店員か事務職程度で、働くには縁故就職という感じだった。

田舎の友達は、短大を出て箔をつけただけあって、良縁を得て結婚が早かった。同級生のほとんどは地元に帰り、神職の跡継ぎや、母校の教師になったり結婚したりして、東京に残ろうという人は数えるほどだった。

私の両親は高田へ帰って教員の試験を受けるのではないかと思っていたようだが、「東京に住みたい」と言うと、別に反対はしなかった。

「就職できなかったら、チャンスだ。結婚してほしい」と佐藤はしきりに言ったが、まだ道はあるような気がしていた。結婚はもう少し経ってからでいいと、決心できなかった。

学生ではなくなると、井の頭の村松さん、山上さんの世話になることはできないので、とりあえず、『文章クラブ』でなじみのある土地の小金井に、一間だが新築のアパートを見つけて移った。

家主はつい三年前まで福井で米屋をしていたという。一人息子が東京新聞のカメラマンになったので、東京で一緒に暮らそうと、広い土地を買って移ってきた。平屋で七部屋のアパートを建てて夫婦の生活費にしているのだと、訛のある言葉で話してくれた。私は今まで家族のように温かい人たちと暮らしていた。地方出身の人というだけで親しみを感じた。

引っ越しをする私を、山上さんも村松さんも危ぶみつつも、「四年間のご縁で、うちの子とおんなじだと思っているから、時々顔を見せてね。ずっとこの縁が切れないように約束してね」と言われて、涙が出た。

どちらの家の人たちからも本当に良くしてもらい、どんな大学でも得られないだろう学ぶことの多い四年間だったと感謝していた。

父の長兄が亀戸でセルロイド工場をもっていたので、食べるだけの給料をもらって働くのもいいかと思っていた。

すると、父から「地元出身の代議士で、身元のしっかりした手伝いを探している。『光っちゃんはどうかね』と言ってくれる人がいるんだけど、どうするね」と訊いてきた。

私は子供の頃、無口で頭をぐりぐりするような愛情表現しかしない父に甘えることはなかった。しかし、それは見かけで、照れ隠しなのだとだんだんに思えるようになっていた。

代議士といっても、どういう手伝いをするのだろう。不安だった。私は政治に全く興味はなかったからだ。しかし、なかなか覗けない世界でもあり、小説を書くうえでも自分の視野を広げるチャンスではないか。

約束の日に議員会館へ訪ねていくと、代議士の机が窓際にどんと据えてあったが、代議士は議会に出ていて留守だった。

年配の赤井さんが、「先生の仕事はここにいる人たちでしますが、渡部さんには、主に私の仕事の手伝いをお願いしたいのです」と言う。代議士の本職は公認会計士だと初めて知った。代議士の公設秘書は赤井さんで、もう少し若い男性と、私と同年で夜間大学へ通う男性との三人がいる部屋に、私の机を入れるとキチキチだ。陳情の人が来たりすると、懐かしい方言が飛び交う。場合によってはお茶を出す。女性は私一人なので、自然とお茶くみ役だ。赤井さんはほとんど代議士について外出をしている。その間は赤井さんに頼まれた、書類の整理やあて名書き、投函などと、実に雑多な仕事をする。身元の確かな人、という条件が納得される場所であった。人の出入りも多くてざわざわしているが、机に向かいっきりの仕事より変化がある。

時は、安保反対の嵐で、ノンポリとはいえ樺美智子さんの衝撃的な出来事に直面し、与党の雑用をしている身として、会館を出て地下鉄の駅に入るまで肩をすぼめて歩いた。

初めは物珍しく感じた議員会館の仕事だったが、誰よりも早く行かなくてはならない。狭いが掃き掃除、拭き掃除は自然と私の役割になって、遅刻はできない。駅へ駆け込む。中央線は混んで座れない。

第四章

結婚、そして懸賞小説当選

村松さんが私に結婚を勧めた早稲田の政経学部の人は、卒業して一流商社に勤めた。村松夫人はその人にも私を薦めたらしいが、どちらかというと体育会系で創作には関心はない様子だ。村松さんの家でたまに夕食を一緒に食べることがあっても、互いににやにやするだけで、デイトをしたいと思わなかった。

どんなに良い条件を並べられても、人間には相性というものがあることを知った。一緒に住むには、趣味が共通であり、穏やかで誠実さが一番大事と思うようになっていた。

そんな時、佐藤が何回も応募していた労働金庫の住宅公社の抽選に当たった。

「住む家も用意できた。やっていかれるだけの収入はある」と言われて、結婚した。

結婚式にはもちろん村松、山上夫人を招待した。二人ともなんだか残念そうな顔をしていた。

私はいずれ両親を東京に呼び寄せたいという希望を佐藤に話して、了承を得ての上のことだった。青梅線の駅から徒歩七分ほどの距離だ。二十九軒の全戸は平屋で、六畳と四畳半の二部屋しかないが日当たりもよく、七十坪ほどの土地は増築するにも十分だ。それも魅力だった。入居した人たちには、もうどこも子供がいて、すぐに増築をする家もあった。

結婚しても、議員会館の雑用係の仕事も捨てがたく、家に持ち帰る仕事はないので、家事と勤めにけじめがある。家事の傍ら小説もまだ書いていた。

同志社発行の『婦人生活』で、二十万円の懸賞小説を募集していることを知った。規定は原稿用紙百枚以上だ。書いてあったものを読み返して、百三十六枚のものがあったので、軽い気持ちで応募した。

それが入選したとの電報を受け取ってびっくりした。担当の男性が議員会館に訪ねてきた。会って、作者の横顔を書くためだった。赤井さんに断り、議員食堂で早い昼食を勧めながら質問に答えた。

昭和三十六年の一月号と二月号に連載されるという。夢ではないかと活字になるまで信じられなかった。

当時はまだテレビなどの娯楽がなかったので、婦人雑誌は四社から発行されていた。雑誌界は景気が良かったらしく、より読者層を獲得しようと、四社は競って特色を出す企画をしていたようだ。上乗せして言っているかもしれないが、作品は毎回五、六百作の応募があったと聞く。佳作十作の題名と作者と年齢も誌上に発表されていたが、二十代の女性が多い。過去四回の入選者の中には、二十三歳の私より若い女性もいた。

膨大な応募作品を審査するのは、雑誌社の大変な労力だったらしい。十二、三人いる編集部員が手分けをして目を通し、候補に挙がった二十作ほどは全員が読む。そのうえで審査をし、作品を選ぶ。甲乙つけ難い作品が二編残った場合はその二編を当選とした年もあったと、掲載された審査会風景の中に書かれていた。

お金のことを書いて気が引けるが、後日興味があったので、当時の芥川賞直木賞の受賞者のことを調べてみた。

昭和三十六年前期の芥川賞は受賞者なし。直木賞水上勉の『雁の寺』で、後期の芥川賞宇能鴻一郎『鯨神』。直木賞伊藤桂一『螢の河』であった。正賞腕時計（ウォルサム）、副賞十万円である。

『婦人生活』の懸賞小説の佳作十作にも、一万円ずつ賞金が出ていた。当時の商業雑誌の景気の良さが窺える。

前にも書いたが、地方から上京した学生は、一万円の仕送りと三千円の奨学金で、アルバイトをしなくても生活できていた時代であり、新入社員の給料もだいたいそのくらいだった。

「高田に帰っていたら、こんなめでたいことはなかったろうね」と、母は私以上に興奮している様子だった。

お金をかけて東京の学校へ出してもらったのに、半分浪人のような生活をして、平凡なサラリーマンの佐藤と結婚した私としては、両親の期待に応えた唯一の親孝行だった。

電車に乗ると、車内の吊り広告に、『婦人生活』の新年号の、第五回懸賞小説「愛の始まり、そして――」の題名と私の名前が大きく書かれている。それより少し小さな文字で、連載をしている柴田錬三郎、小山いと子、北原武夫、菊村到という大作家の名前が書かれていて、電車の停・発車のたびにひらひら揺れた。その広告を正視するのが面映ゆいが、誇らしい気持ちでちらちらと見ていた。

その年の審査の様子と受賞者の言葉が本文と一緒に載っていたので、例の柳行李にコピーして入れてある。その時は気がつかなかったが、数年後に取り出し、読み返して驚いた。四回目までの審査した時のことを回想している中に書かれていたのだが、第三回の募集では、田辺聖子女史の「花狩り」が佳作だったことを知ったのだ。

「佳作でも落とし難い作品だったので、書き直してもらって、一年間連載したっけなあ」と、審査時を振り返って女史のことが書かれていた。田辺聖子女史は前から書いていた人だそうだが、その作品によって作家として本格的なデビューとなったことが作家辞典にもあった。後に芥川賞も受けている。小説家より編集者が選ぶほうが審査は確かだと聞いたことがある。

入選した時は、発刊間もない『女性自身』に、その年の歌会始に入選し皇居に招かれた十代の高校生などとの座談会に招かれたりして、少し忙しい思いをした。

けれど、ちょうど長男を身籠っていた時なので、浮かれていられなかった。

議員会館も辞め、育児に専念しようと気持ちを切り替えたのだった。

両親の上京

それから二年後に次男が生まれた。

外仕事のできない冬には、母は孫の顔を見るのが楽しみで、私の所へ来て過ごすことが多くなった。お日様の暖かい所で手足を伸ばし、孫を相手にしている幸せそうな母を見ていて、早く一緒に暮らせるようにしたいと思うのだった。

雪が消える頃にはまた曲がった腰のあたりをぽんぽん叩きながら、畑仕事のために高田へ帰っていった。

その頃の稲作の田圃は、牛や馬を頼りにする子供の頃と違い、機械化でずいぶん楽になっていた。しかし、雪が消えると、畑を耕して種まきをする。土の中の養分を吸ってぐんぐん伸びる雑草の草取りに始まって、真夏の炎天下での仕事は際限なくある。それに、二・七や四・九のつく日は市日《いちび》だ。雪深い高田の商店街の通りは、雪がうずたかく積もって車はもちろん人も歩けない。庇を突き出して雪をよけ、その下が通路になる雁木《がんぎ》がある。

雪が消えると、その雁木沿いに市が立つ。朝もぎのトマトやキュウリなどの野菜を市へ出すため、家中が早起きをする。荷を積んだ重いリヤカーを引いて、市場へ運ぶのは父と母だ。荷を下ろして莫蓙に並べると、父は空のリヤカーを引いて畑仕事をするためにいったん家に帰る。新鮮な野菜は喜ばれ、昼頃にはほとんど売れる。父はまたリヤカーを引いて店の後片付けと、母を迎えに来る。雪が深い土地だけに、消えると忙しくなるのだ。

私は昭和三十年に上京したので知らないが、高田は、昭和四十年九月と四十四年の八月に大洪水があり、それを機会に家の近くの関川の改修工事が行われることになり、高い場所に畑を持っている柳堤の全戸は、その畑を宅地にして移転し、低くて水が漬く田畑は買収されることになった。

私の実家も田畑が少し残るだけになる。母も生まれた家が取り壊されてなくなるので、高田へのこだわりも薄れているようだった。

そのような状況になってしばらくすると、父母が上京してきて、父は「中神駅前の、畑になっている土地を買って小さなアパートを建てるつもりだけれど、どうだろう」と言う。私は両親に、「東京に来ることを考えて」と言っていたが、それは私の家で一緒に住むということで、びっくりした。

「東京に来ても、畑で好きなものを作りたいから」と言うのだ。

米や野菜を作って生きてきた父母にとって、そう思う気持ちはよくわかる。何もすることがなくて、東京に来てぼんやりしているのは、確かに辛いことだろう。

さっさと土地の持ち主に交渉して、二階建てで独身用の十部屋と、管理人として住む二部屋を付けたアパートを建ててしまった。

息子たちは、「おじちゃん家《ち》」が気に入って、幼稚園から帰ると毎日のように遊びに行き、畑で穫れる野菜などをもらってきた。やはり、娘の家でも落ち着かなくて、年寄り同士でのんびりとした生活をしたいのだろうか。

それから間もなくして、母に胃癌が見つかり、お茶の水の日大病院で手術をした。母は鳩尾《みぞおち》の辺りが変だと言う。「診てもらおうかしら」と、気が付くのが早かったので、手術は成功し完治した。

母は、「東京にいるから、こうしてゆっくり養生できるんだわね」と喜んでいた。本当にそうだ。農作業をしていたら忙しさに追われて、気にしながら、手遅れになりかねない。

それから数年して、父は改まった顔で、夫と私に「いずれは年を取ってアパートの管理はできなくなるのだから、いっそ売ってしまって、佐藤の家を増築して、一緒に住まわせてもらおうかと話をしているんだけれど、いいかねえ」と言った。

「だけど、お母ちゃんは我儘だから、佐藤の家で一緒に住んでうまくやっていかれるか、心配なんだ」と、父は真顔で言う。

「お母ちゃんが我儘だなんて、そんなこと、絶対にないよ」と、私はびっくりして断言した。私の知る母は、理屈に合わないことには厳しいが、自分に親切にしてくれる人には心から感謝して優しい。市場へ行っても気持ちよくおまけをつけるので、お得意さんがいっぱいいる。その分、父には甘えていろいろ不満を言うのかもしれないが。

いつだったか、訪ねてきた夫の母を門の外まで見送りに出て、その後ろ姿に「八王子のお母さんはいいねえ。綺麗な着物をしゃんと着て、髷に珊瑚の簪を挿して、あんなにさっさと歩けるしー」と言った。今までそんなことを言ったことがなかったので、その言葉に胸を衝かれた。

お洒落もできない母を可哀想だと思っていたが、母はそんな気持ちは超越していると思っていたからだ。しかし女性なら当然だ。私は少しでも母を喜ばせたかった。

「大丈夫だよ。お父さんだって優しいし、子供たちもおばあちゃんを大好きだから」と言った。夫も頷きながらにこにこと、「ぜひ、早く引っ越してきてください」と言ってくれた。

以前、高田で親戚が集まった時、皆で写真を撮ろうと並んでいると、口の軽いおばさんが、「おばあちゃんは、ほんとにきれいだね。おじいちゃんが惚れて、一生懸命働く気持ちわかるよ」と言ってくれた。

私は思わず頭を下げてしまった。私の俳句の友達が母に会った後で、「なんか、とても田圃や畑で働いている人とは思えないわね」と、母のことを言ってくれた時も嬉しかった。

高田では、母のことを気位が高いと言う人がいた。母は初めての人には、にこにこと母のほうから話しかけることはしないから、取っ付き難いのかもしれない。私もよく「なんだか近寄り難いみたいだったけど、話してみると面白い人ねえ」と言われることがある。どうも母娘とも第一印象は悪いようだ。

母も外見からそう思われるようだが、親しく話をする人は、「親切な人」と言っていた。

私の友達は母の姿から、「わんちゃんのお母さん」が朝市へ出ているのを知っていて、「うちのお母ちゃんは、わんちゃんのお母さんから、いつもおまけをしてもらっているみたい」。「そうだよ。うちのお母ちゃんともよく話をしているようだよ。言葉遣いが丁寧で、いい人だって言ってた」と、何人かが言った。


話はそれてしまったが、すでに階下を建て増しして、二階に二部屋子供たちの勉強部屋があったが、その階段を中にして、もう二部屋建て増しすることになった。

二人の希望で、トイレも台所も付けた。

第五章

転機・谷合良治先生との出会い

二人の息子が近くの小学校に通っていた。五年生の長男の夏休み前の保護者会の時、開始時間まで少し間があり、隣に座ったお母さんと雑談していた。

「そうそう、佐藤さんは教員免許を持っているのよね」と突然言った。そんな話をいつしたのかなと思いながら、「ええ」と答えた。

「もう、子供たちも五年生になって手が離れたから、どう？　免許を活かして講師にならない？　東京都の教育委員会へ行って、講師登録をしておくといいわ。産休や持ち時間数の関係で、結構講師が必要になるのよ」と誘われた。

彼女はすでに五年も前から中学と高校で英語の講師をしているのだという。

（時間講師なら早く帰れるし、母に留守番を頼んでも負担になることもないだろう）と気持ちが動き、夫とも相談して教育委員会へ講師登録に行った。

それから十日も経たないうちに、京王線沿線の中学の教頭先生から、「夏休みに産休に入る先生がいるので、講師をお願いできませんか」という電話が来て、慌てた。教育実習から十五年近く経つ。しかも受験を控えた三年生だ。自信は全くないので断った。すると、電話は校長先生に替わって、「どうぞお願いします」と頼まれた。

父や母は「子供たちを見ているから、ぜひ講師になるように」と勧め、夫も「家の中のことでおばあちゃんたちに迷惑をかけるかもしないけれど、チャンスじゃないか」と言う。周囲はみんな賛成するので、意を決し、指定された学校へ行った。家庭の主婦が受験科目の国語を教えるとは、保護者から反対されかねない。他学年のベテランの先生が替わって、私が下学年に回る方法もあるのではないか、そうお願いしてみようと思っていた。

通された校長室で私の考えを申し出たが、「佐藤先生なら、落ち着いていらっしゃるから、大丈夫です」と校長先生は言い、三年の学年主任や国語科の主任の先生を呼んで紹介された。夏休みでも皆出勤している様子だ。年配の男の国語科の主任は、「困ったことがあったら、遠慮なく相談してください」と、にこやかに言われて、教科書と指導書を渡された。

それを受け取って帰り、夏休み中懸命に勉強した。

未経験の私が三年生を教えることで学校の雰囲気に不安な様子はないかと案じたが、温かく迎えてもらえた。国語科の先生に授業を観に来てもらったりもした。保護者からも問題視されることなく、無事二学期、三学期と務めを果たすことができた。

卒業式の後で校長先生は、「いやあ、助かりました、佐藤先生は教師に向いていると思いますよ。これからも講師をご希望されるなら、青梅一中の谷合良治校長をご紹介しましょう」と言われた。他の先生や卒業生たちにも別れを惜しまれた。

教師ってやりがいのある仕事だと思えた。


青梅市立第一中学校は、青梅線の青梅駅を下車して奥多摩へ向かって十五分ほど歩いた所にある。三月末の奥多摩の風は肌寒い。

私はその学校へ谷合先生を訪ねて行ったのである。

その頃は学校が荒れていて、所々でクラス崩壊も起きていた。

私は講師を続けたい思いがあったので、一緒に家庭科の講師をして親しくなった人に、青梅の谷合先生を訪ねるつもりだと打ち明けた。すると、「あそこの校長先生は、全国中学校校長会の会長を務めていて、人格者で有名なのよ。出張も多いけれど、校長が不在でも何ら心配のない体制ができていて、他の学校の教師間では〈学習院〉と言われているの。生徒もきちんとしているから、講師は楽よ」と、教師仲間の噂で聞いていることを教えてくれた。

受付の窓口で名乗ると、女性が出てきて来客用のスリッパを出し、笑顔で「どうぞ」と言って校長室へと案内してくれた。春休みなので生徒の姿はないが、木造校舎の廊下はぴかぴかだ。行く手の校長室の前に、中肉中背で背筋の伸びた五十くらいの男性がいる。女性は「校長先生です」と小さな声で言った。

「佐藤先生ですね。お待ちしていました」

笑顔で出迎えられ、校長室へ通されて恐縮した。挨拶の後、「私はお茶が好きでして、この部屋に来てくださる方には、私が淹れるのですよ。ま、どうぞ」と、九谷の茶碗が差し出された。美味しい。先生も飲まれ、にっこりされた。がちがちに緊張していたが、その緊張が肩から溶けていく。細やかなもてなしである。

ソファで向き合い、出身地や家庭のことなど、一時間ほど雑談をした。

校長先生は突然真面目な表情で、「佐藤先生は、こんな田舎の学校では嫌ですか」「?」

「先生には、この学校で講師をお願いしたいと思います。先生の言葉遣いが綺麗です」

母は、目上の人への言葉遣いには煩いほうではあった。言葉にはその人の品が出る。人には感謝の気持ちを持ち、「ありがとうございます」と、口に出してその気持ちを伝えるように、と。

校長先生の気配りと温厚さに魅了されていた私は、思わず立ち上がり、「ありがとうございます。お願いします」と頭を下げた。

職員室の配置は学校にもよるが、学年の先生たちは二列で向き合い、ひと塊に場所を取る。「島」と呼ぶところもあるようだが、私は一年の島に机が用意されていた。講師は、正規の先生の持ち時間の半端を埋めるわけで、学年にまたがって教えることもある。音楽、美術、家庭科など週に数時間の持ち時間で、学年に所属するほどの出勤ではないため、三つの学年の「島」とは別に講師の「島」にする学校もある。生徒はとかく講師を軽く見て、授業がやりにくい場合もあると聞く。学年の「島」に属しているほうが、生徒の授業の時の様子の情報交換をする意味で大事だという谷合校長の考えから、正規、時間講師の別なく、学年に所属させるという気配りだった。

「朝、お子さんを送りだしてからお出かけになるほうが安心でしょうから、授業は三時間目から組むように教務に言ってあります。どうぞ、家のことを済ませてからお出でください」と、校長に配慮してもらっていた。そのため、職員朝礼には出られないが、「今朝、校長がこんなことを話していました」と、隣の席の学年主任からメモを渡されながら聞くことができた。

そのように皆によくしてもらうと、私も何か役に立つことをしたくなる。忙しそうに印刷室へ急ぐ先生がいると、「あ、それ、プリントするのですか。私、今日はもう帰りで時間がありますから印刷します。何枚ですか」と声をかけ、代わりに印刷したりするようになった。

忙しい校長とはゆっくり話をする機会はないが、それでもことあるごとに声をかけてもらっていて、その間に教えられることがあった。

例えば、「先生の代わりはいるけれど、母親の代わりはいないので、お子さん第一にして、遠慮なく休んでください」。

「生徒を叱った時は、帰りまでに必ず声をかけてやってください。生徒を悲しい気持ちのまま帰さないようにお願いします」など、今まで聞いたことのない教師の心得だ。

五月の連休の後、帰ろうと下駄箱へ行くと、ちょうど出張から戻って車を降りるところの谷合先生に出くわした。「ああ、佐藤先生。お帰りですか。時間ありますか。あったら、一緒にグラウンドを回ってみませんか」と、声をかけられた。

事務室に二人の鞄を預かってもらって、部活の生徒が活動しているグラウンドへ出た。老木の見事な花を咲かせていた桜も、青葉になって、風が吹くたびにざわざわと頭上でざわめき、時折桜蕊が降りかかる。その風が気持ちいい。

「生徒たち、皆元気ですね」と、校長は目を細めてグラウンドを見渡し、陸上部の生徒が脇を走り抜けていくのを見送って言った。それから、すぐ傍を通り抜けようとした男の子に、「林健君。どうだ、テニス部面白いか」と声をかけた。林君と呼ばれた子は、はにかんだ表情でうなずいた。

「先生。一年生なのに、名前や部活のことまでご存じなのですか」と驚いて訊くと、「入学式で撮る写真を拡大して、担任から名前を入れてもらい、出張のない日の昼ご飯の時、五人ずつ校長室で一緒に食事をして覚えるのです。一度覚えると忘れません」。驚いた。

「校長先生に名前を呼ばれたら嬉しいでしょうね」

「びっくりしますが、次に会った時、にこにこして挨拶してくれます。機会があったら、褒める時はもちろん叱る時でも、生徒には名前を呼んで話をしてあげてください」

私は中学生の時、依怙贔屓をする先生がいて、二年間教わっているにもかかわらず、名前を覚えてもらえなかったことの悔しさを体験していただけに、先生の「まず名前を覚えて」というその話はよくわかった。

それから一つ一つの部活の様子を見て、「やあ、遅くまでお付き合いさせてしまってすみませんでした。おかげで、気になっていた部活の様子をゆっくり見ることができましたよ。国語の時間も、脱線して、部活の感想などを交えてくださるといいですな。生徒を多面的に見ていただきたいと、付き合ってもらいました」と、言われた。

そして、「遅くなりついでに、校長室でお茶を一杯いかがですか」と、事務員さんから鞄を受け取りながら言われた。喉が渇いていた。あの九谷でお茶をいただける！　靴を脱いで校長先生の後に続いて上がった。

お茶をいただきながら、さっきの話の続きを聞いた。校長室での生徒との昼食は、三年生の卒業の時に、もう一度するという。

「生徒の成長ぶりを見るのは嬉しいものです」と言ってから、「佐藤先生には、スクールマザーの資質がありますよ」と、話題が替わった。スクールマザーという言葉は聞いたことがない。

「保健室の――」。「いいえ、職員室の、です。お母さんが家にいるというだけで、ほっとしますね。そういう存在です。校長や教頭は試験に合格すればなれます。しかし、スクールマザーは、生徒はもちろん、保護者にも同僚にも信頼がなくてはなれません。あちこちの学校を訪問していますが、訪ねて行って落ち着いたいい雰囲気だなと思われる学校には必ずスクールマザーが居ます。何も号令をかけるわけではないのに、落ち着いた空気になるのですね。佐藤先生のお母さんは立派な方なんですね。わかるんですよ。佐藤先生にはそういう先生になる素質がありますよ。勉強されて、是非都の採用試験に合格してくださ い」

以前お茶をいただいた時のような笑顔で、教師として十年以上もスタートの遅い私を励ましてくださった。

出勤簿はだいたい職員室にあるが、一中では校長室の入った所に置かれている。「それ、管理されているんだ」と、他校の先生方は言うけれど、それは違う。「『おはようございます』の一言でもいいから、一日一度は全職員と言葉を交わしたい」という、谷合校長の思いからだと聞いている。

これが、全国校長会の会長たる所以であろう。

新しい出発

青梅一中で講師をしていて、二年目に都の試験を受けて合格した。

翌年四月から八王子市立第二中学校に赴任が決まった。

二中に挨拶に行くと、校長室に二年の学年主任の森光昭先生も待っていた。校長は小柄だが、数学の森先生は立派な体格だった。数学と聞いて高野を思い浮かべた。高野は背丈があったが、どちらかといえば痩身で神経質っぽかったな、と咄嗟に比べていた。二年生のクラスは十組まであるマンモス校だ。校長はにこやかに、「二年生の担任をお願いしますよ」と言った。

二年生とは長男と同じだ。長男は国立にある私立の中・高一貫校の男子高校へ行っていて、受験の心配はない。

ただ初めての担任なら、一年生と一緒にスタートしたいという気持ちはあった。

「二年生は受験まで間があり、一番やんちゃで、心身ともに変化する時期ですが、大丈夫ですよ。この学年の先生方は皆さん気持ちが揃っていて、がっちりまとまっていますから、授業もしやすいですよ。クラス分けも佐藤先生が指導しやすいように、手のかかる問題児もおりません」と、森先生はあったかく太いバスの声で、やはりにこやかに言った。

「森先生はバレー部の顧問ですが、優しいから女の子に人気があるんですよ」と校長は言ってから、「佐藤先生の前の国語の先生は、今度教頭になられて異動されたのです。國學院で、佐藤先生の先輩ですね。綾部仁喜といって俳句ではかなり有名らしいですな。ご存じですか」

「いいえ」

「その長男の朱夏君が、佐藤先生のクラスにいます。優秀なリーダーです」と、私を安心させようとしてか、付け加えられた。

私はお二人と話をしているうちに緊張が解けていって、新学期が始まるのが楽しみになった。

谷合先生に報告に行くと、「八王子二中の校長さんは――今、大塚正之先生かな。電話しておきましょう」

突然なのに即座に校長の名前が出るのは、やはり谷合先生だ。頭にいくつの抽出《ひきだ》しをお持ちなのだろう。

隣の人

八王子二中に着任して二年六組の担任になった。生徒が増える時で、翌年には新設校ができて分かれる予定だった。十組のクラス替えだったので、初めて同じクラスになった生徒も多い。教室へ行って顔を合わせると、皆、私同様に緊張していて新鮮な気分になった。保護者会は四月の半ばだ。どういう顔ぶれのクラスか、保護者も知りたいだろう。最初の学級活動（学活）で、自己紹介の作文を書かせた。皆の作文と一緒に私も書いて印刷し、さっそく文集第一号を各家庭へ配る予定でいた。

罫線のある用紙を配ると、「名前、部活、趣味を書くだけなのに、紙が大きい」と言う。「箇条書きで書くのは、作文ではありません。文章にして、自分はこういうことを考えている生徒ですと、ＰＲしなさい」と言うと、皆思案している。書き慣れていないのだ。時間内では無理で、「明日必ず提出するのですよ」と宿題にした。

しかし、翌日も半数しか出ない。放課後に印刷して、明日配る予定が狂ってしまった。「集団生活で約束を破ると、迷惑をかける」と諭し、放課後、居残りで書かせた。

どうしたら楽しく作文を書けるようになるだろう。それが、国語科担任の課題の一つとなった。もう一人、学年に男の国語の先生がいる。その先生と相談して足並みを揃えなければならない。

教室での座席の決め方は、クラス担任に任されていた。教室は教科によって班でする活動もあるので、男女半々で六班にする。男女一列ずつ、二列で隣り合って分ける。昼ご飯も机を向き合わせて、班ごとに食べる。

私は、好きな者同士という方法はとらない。社会へ出たら、人の好き嫌いは言っていられない。抽選で決めることにしている。しかし、（あの子の隣になりたい。同じ班になりたい）という気持ちから、やたらに席替えをしたがる。国語の時間に他のクラスへ行くと、また座席表が新しくなっていて戸惑うことがある。

担任は、席替えをしたいという声に負けているのだ。そういうクラスを羨ましがる声も耳に入る。

私は落ち着いて勉強ができるように、一学期に一度だけ替えることを約束した。

友達の良い所を見つけられる人になってほしいとの思いから、条件を出した。「今まで隣になっていた人の良い所を具体的に原稿用紙半分以上に書く。たくさん書いてあげましょう。良い所が書けたら、例えば、掃除の時に雑巾がけをしないで、いつも箒を取ってずるいなどと、直してほしい所をちょっと書いてもいいです。ただの悪口だけなのは、書き直してもらいますからね。その作文が全員揃ったら、抽選で席を替えましょう。そのまま文集にしますから、誤字や脱字に気を付けること」と、約束した。

私も、隣の席の若い女の英語の川口先生のことを書いた。職員室のごみ籠は、並んでいる人の二人に一つ置かれている。私が紙くずをまとめていると、川口先生の脇の屑籠がすっと差し出される。川口先生は仕事をしているのに、隣の私の気配を敏感に察知され、何食わぬ顔で差し出される。他にも、一仕事終えて「ふーっ」と息を吐くと、「お茶淹れましょうか」と立ち上がってくれる。そんな生徒の知らない日常の気配りを書いたものだ。

体育の先生が生徒に模範演技をして見せるように、私が国語でやって見せることで、文章を書くことの好きな子になってくれると良いなということだ。そこで、生徒に出す作文の課題は、自分でも同じように書いてみようと決めた。

生徒たちは「隣の人」の作文を出せば席替えができると、「おい、早く出せよ」と男子が皆に声をかけてくれるので、この作文だけは早く集まった。

文集にするので、書いている内容に問題がないかチェックをする。

「筆箱を忘れた時、隣の一郎君は自分の筆箱を広げて、『どれでも今日一日貸してやる。帰りに返えせよな』と、言った」というような他愛のない内容だが、「会話が入っているので、よく情景が出ているわね。字数が埋まらなかったら、会話を入れて字数を稼ぐといいですね」と褒めたりした。

これを文集にすると、生徒たちはほかの作文の文集より、自分がどんなふうに見られているかと、最も関心のある文集になった。必ず一つは褒めてあるので、でき上がると笑顔で熱心に読んでいる。

褒められるのも褒めるのも気持ちがいい。家庭でも、自分の家の子が友達にどう見られているか、自分の子がどんなことを書いているか関心がある。クラスにどんな子がいるかもわかるので、家庭でも保護者同士でも話題になり、どの文集よりも待たれる文集となった。

保護者会では、「中学生は、学校の話をしなくなるので、何を考えているか気になりますが、『学級だより』や、いろいろなことを文集にしていただき、子供たちの様子がわかるので楽しみです」「大事に取っておいて、お嫁に行くときに持たせます」という親御さんもいた。

私には、後に結婚式に招かれた時、「中学生時代はお友達にこんなふうに思われていた花子さんでした」と話す虎の巻にもなったのだった。

第六章

父の旅立ち

その後数年して、父は「どうも食べ物が喉につかえる気がする」と言った。

両親は、二階の二部屋で生活していた。

私や息子たちが慌ただしく出入りする生活の中では、朝はゆっくり食事ができないし、皆が揃ってからの夕飯では両親には遅い。

そのため、二階の台所で年寄のテンポで食事をしたいと母が言う。

私も、子供たちの口に合う食事の支度を母にさせるのは気の毒なので、そうしたほうが良いと思って普段は別々に食事をしていた。だから父に言われるまで、全然気にしていなかったので慌てた。

お医者さんに診てもらったところ、「ずいぶん進んだ食道癌」だと診断された。言葉もなく暗澹とした。

「それでも、一度入院して様子を見ますか」と言われた。母の早期癌を見つけてくださった医者で、家族皆で信頼をおいている先生である。病名は母にも言わなかったが、それと察した様子だ。下血も止まらない。

「手術のできない状態ですが、少しでも落ち着いたら、自宅で過ごされるほうが気分的によいかもしれませんね」と言われた。

一週間ほど入院の後、退院して、二階の日当たりの良い部屋で静かに横になった。私が少し気を付けていれば、大事に至らなくて済んだかもしれない。それが悔しくてならない。母は、食べるものをおかゆの他に、野菜や魚など細かく刻み、トロトロとするほど柔らかく調理した。父が季節外れのものを食べたいといえば、店に電話をかけて有無を確かめて買いに行く。母は腰が曲がっていて買い物を手に持つことができないので、子供を乗せる大きな乳母車を買い物専用にしている。それを押して、一駅先の市場まで行く。父の気持ちを汲んで、心を尽くしていた。

確かに、入院していてはそこまでは面倒を見てもらえない。母も大変だろうが、こまごまと気配りしていて、夫婦って年を取ってからが夫婦なのだ、夫婦だからできることなのだと気が付き、夫婦って有難いものだと思うのだった。

廊下続きに仕切りのドアがあり、開ければ息子たちの部屋だ。息子たちは試験も近い中、「おじいちゃん、どう?」と言っては顔を出すのを喜んでいたし、私も子供たちの優しさに感謝するのだった。

亡くなった時は家族皆揃っている日で、もう目を開けるのも大儀な様子だった。皆で体をさすり、手を握り、足の裏を揉み、声をかけ続ける中で旅立った。

私は息子たちに、「おじいちゃんに優しくしてくれていてありがとう。病気で苦しかったろうけれど。人はこんなふうに、家族に囲まれて死ねるのが一番幸せなんだよ」と言ったのだった。

その頃はまだ家で通夜やお葬式をしていた。二中ではずっと森学年だったので、私の父親ということで、森先生に葬儀委員長になっていただき、学年の先生方にもお世話になった。十月末の寒い風吹く通夜に、保護者の方たちも八王子から来てくださった。

高田の菩提寺の善導寺から住職さんはお弟子さんを伴って上京してくださり、お経をあげていただいた。

気丈な母

母は何事も父に頼っていた様子なので、どんなに力を落とすかと心配だった。けれど、十分に看病ができたことで思い残すことはない様子だ。母は先に立って森先生にいろいろ相談して、母の思うような弔いができたと心から先生に感謝していた。

善導寺のご住職は母よりだいぶ若い女性だが、母はずっと頼りにし、親しくしていた人である。四十九日に高田のお墓に納骨し、代々京都の知恩院に分骨しているので、それも兄たちと済ませて一息ついた。

母はそれから父や先祖の供養に生き甲斐を見出して、ご住職と何やら長電話をするようになった。

まず、高田の墓所の墓石などが何十年も風雪にさらされていたので、墓所の整備に始まった。お寺の本堂の古くなった華鬘《けまん》を取り替えてほしいと言って、父や母、それから長兄、私の名前で多額の寄付をしたが、全部母が出したものである。昔、このお寺も大火に遭い、その時に水を噴いて消したという、伝説の「竜神の井戸」というのが善導寺境内にある。

それを知って訪ねてくる人がいるそうだが、草むらの中にあって名ばかりの井戸なので、もっと引き立てたらいいと、父と母の名前で石屋さんに注文して、立派な石を積み、謂れの立て札も脇に立てた。

父が遺した母の財産のすべては寺のために使うつもりらしかった。

長兄は、見かねてそこまですることはないと言うが、「ご先祖の大事な田畑が河川のためになくなってしまった。米作りに苦労した仏のために使うのが一番の供養だよ」と言い、「金は、おあしと言って、あればみんな足があって出ていく。生活するだけの金があればそれでいい。光ちゃは贅沢をする子ではないので、金に執着しないし」と、母は私の性格を知っていて、勝手にそう言っていた。

父はアパートを売った時はいくらになったか言わなかったし、私も訊かない。ただ、増築する時の費用は出してもらった。いくらお金が残っているか知らないが、母のお金なので、一切自分で使い道を考えていて、私に相談はしなかった。

だが、残されていて、遺産相続でもめるのは嫌だ。

他人の話によると、全部出して見せても、老後の世話をしてきたのに兄弟たちはそれを感謝せず、「一緒に住んでいて、いくら残っているかわかっているはずだ。もっとあるのに隠している」などと言われて、悔しい思いをした例も聞く。

そういうもめ事も起きないとは限らない。寄付してしまって残っていないほうがいい。

しかし、さすがに梵鐘を寄付する時は、私に言った。

「善導寺には昔梵鐘があったのに、戦時中、鉄砲玉にするために供出させられて、梵鐘がないままになっている。それが気になっていたんだわ。どうだろうね。ある金全部出して、梵鐘を吊るしてもらいたいと思っているんだけど」と、訊かれた。

「いいんじゃないの。お母ちゃんのお金でできる範囲なら」と、相槌を打った。

古刹なので多くの檀家があり、檀家代表、世話人もいるはずだが、「梵鐘を吊るそうではないか」と言い出す人はいないらしい。お金のかかる話は、言い出したらその人が何かと責を負うことになる。それは想像できるし、その話が纏るには時間がかかる。母は何としても、自分の財産を擲ってでも梵鐘を吊るしたいと願い、檀家代表にも相談せずに、事を運んでいたようである。

母は腰を痛め、女の楽しみのお洒落もできずにきたのだ。そんな望みがあるなら、私は是非叶うように応援したかった。

私の家は共働きで、生活できるだけの収入はある。身の丈以上の生活をしたいとは思わない。幸い家族みんな健康だし、大病や事故に遭わない限り普通に生活できそうだ。大金を使うことに反対していた兄を押し切って、梵鐘を献納することになった。ご住職はどんなに喜ばれ、感謝されたか、私は直接には知らない。感謝されたに決まっている。こんな奇特な檀家は、どこのお寺にもいないであろうから。

話が纏るや、ご住職に「梵鐘に千歳さんの名前と、光子さんの一句を」と言われ、突然俳句の話が出た。

実は教科書に俳句があって当惑した。書くことに関心があって、詩や短歌、雑文を書き散らしていたが、自己流だった。それにしても、俳句にどうして関心を持たなかったか不思議だ。俳句はお年寄りのするものという先入観があったのかもしれない。教科書にある以上、勉強する必要を感じた。

高校時代の友人が、新潟県糸魚川市に本拠のある『麓《ふもと》』という俳句の結社に入っていた。会員になってと頼まれて、平成元年に会員になっていた。主宰は、齊藤美規という友達のご主人と同じ高校の先生だった。会員になっていたが、東京と糸魚川では句会に参加はできず、ただ毎月五句主宰の所に送って、成績順に俳誌に載るだけの会員である。

それを母は「娘は俳句をやっている」とご住職に言ったのだろう。私は美規主宰に手紙を出して相談し、〈隈なくに善導寺より秋の鐘〉と決めて、高岡の鋳造業者に刻んでもらうことにした。

母渇望の梵鐘は、平成八年の春には入魂式ができる予定だった。

そのようにお寺のことが一段落すると、母は昼間もうとうととよく眠るようになった。

「眠ってばかりいて、何の役にも立たなくて悪いねえ」と言う。

「だって、今までたあくさん働いてきたんだもの、その分眠たいんだよ。昼間は誰もいないんだから、ゆっくり眠っていてね」と、言うのだった。

それでも朝早く起き、車で通勤する私のために、車庫の扉を開けておいてくれ、私が出かけると閉める。帰ってきた時、車を降りて車庫の扉を開けなくてもいいように、時間を見計らって開けておいてくれる。たったそれだけのことでも、毎日のことで私にはとてもありがたかった。

「いつもありがとね。本当に助かるわ」と、言葉にして言っていた。

九十歳を過ぎても、少しでも家族のために何かをして役に立ちたいと、気を使っている様子が可哀想な気がしていた。が、それは母の惚け防止にもなるのだと思うことにしていた。

昔からつけていた日記も九十を過ぎると、あまり変化のない日々なので、内容も仏壇の過去帳を見て、「今日は誰それの仏日なので、何を買いに行き、それを供えた」、などと簡単なことだ。それでも、毎日鉛筆を持つ習慣があるのはすごいと思い、それも感心して言うと、嬉しそうに笑っていた。

ごろんごろん

これはもう三十年も昔の、母が九十に近かった時の話である。

雨が降っているのに、生まれて間もないキジトラの猫が濡れ縁の下でミユミユ鳴いていた。母は「おお、チビちゃん可哀想に」と拾い上げ、牛乳を与えた。

その頃は、母、夫、私の三人家族で、私も夫も現役だった。夫は子供の頃、よその家のかわいらしい猫を撫でようとしたら引っ掻かれたとかで、猫嫌いになっていた。夫はしぶしぶではあったが、一人留守番をしている母の慰めになるならと、飼うことになった。

階段が真ん中にあり、右側二部屋が母の部屋で、夫の本棚が並ぶ部屋は左側だ。夫は私より少し早く出勤し、帰りが遅い。猫と顔を合わせることは少ない。

母はチビに芸を仕込もうとして、「ほら、これとこれはお手々。これはあんよだよ。お手々は？」と訊くと両手を伸ばしてみせたが、「あんよは？」には知らん顔だ。

「無理だよ。犬じゃないんだから」

「でも、ねんねはできるんだよ。チビねんねは？」と言うと、ごろんと寝転ぶ。「へえ、わかるんだ。えらい！　いいこだね」と喉元をぐりぐりする。すると、もっと撫でてとごろんごろんする。

眠ってばかりいると気にしていた母だが、猫を飼ってから、また元気が出たようで、嬉しかった。

チビは二階で母といつも一緒だ。しかし、母が階下で誰かよその人と話をしている間は、決して降りてこない。極端に人見知りする猫だ。夫と階段で出くわすと、パッと身をひるがえして母の部屋へ逃げ込む。猫嫌いな人間を、本能的にわかるのだろうか。

「まったく可愛げのない猫だ」と夫は言う。

「あなたが背中を一度撫でてやれば懐くのに」と、私はチビを庇う。

三人で夕飯を食べる時は、夫に気を使い部屋から出す。ところがある日、私たちが笑い声を立てていると、チビは襖の隙間からそっと部屋を覗いていた。

「こら！」と、私は夫に気を使って叱る。いつもなら逃げ帰るのに、襖をぐりぐりと頭から押し開けて入り、夫の近くへ行って、ごろんとねんねをするではないか。

「見て！　あなたに見てもらおうと、ねんねしてるのよ」

夫にチビが芸をする話をしていたので、「おお、これがねんねか」と、チビの頭を撫でた。チビは撫でられて、じっと夫の顔を見ている。芸は身を助けた。

「おいで」母が言うと、嬉しそうに母の膝に飛び乗った。

「まるでお母さんの子供だね」。夫が言うと、母は間髪を容れずに「だったら、光ちゃんの妹だね」。そう言って、母は嬉しそうに座ったまま、膝の上のチビを「高い、たかーい」した。

あれ？　母はいつから私を「光ちゃん」と言うようになったのだろう。私も嬉しくなった。

第七章

母の旅立ち

平成七年の夏は殊の外暑かった。

八月三十一日、二学期の授業の準備で机に向かっていた。すると、母が来て「わたし、なんだかふらふらするんだよ。竹口さんに点滴してもらったらどうかしら、ねえ」と言うので、びっくりした。

竹口さんというのは、母の癌を早期に見つけてくださり、十三年前にも、父が大変お世話になった市内の病院のお医者さんである。

私たち夫婦も暑さに閉口して、素麺や冷奴、西瓜など冷たいものばかり食べていたから、九十二歳の母の食が細いのも仕方ないと思っていた。

けれど、栄養剤の点滴まで考えるのは余程のことだ。

「すぐ行こう。気が付かないでいてごめんね」と椅子から立つと、「待って。風呂へ入って、髪を洗ってから。汗臭いと竹口さんに失礼だし」と言う。

母の愛猫のチビは、日ごろ殆ど横になっている母が歩き回っているのが嬉しいのか、まとわりついている。母は風呂へ入ると、チビがいつも入り口の所でじっと待っている。だから、風呂へ入る時、曇りガラスの戸を少し開けて中が見えるようしていた。

以前、冗談に湯船に首まで沈めて、チビから見えないように屈んでいると、チビは湯船の所まで来て、縁に手をかけて覗いたという。猫にもそんな情があるのかと驚く。

その日も、母は私の手伝いを断り、一人でゆっくりと入って、私とチビが見守る中で髪も念入りに洗った。

「ああ、さっぱりした。じゃ、頼むね」と言い、「チビ、いい子で留守番してるんだよ」と、チビの頭を撫でてから、車に乗った。

竹口病院に着いたが、母は自力で立ちあがれなかった。

今まで、よっぽど気を張っていたのだろう。看護婦さんたちから、「ゆっくりうり休みましょうね」と声を掛けられ、車椅子で病室へ押されていき、そのまま入院することになった。

最初の数日間は笑顔で話をし、チビはどうしているかなどと案じていた。「点滴が効いて、食欲が出たら帰られるよ。もうすこしだね。チビは、お父さんにねんねをして見せてから、仲良しになったよ」と言うと、「よかった、よかった」と、心底安心した様子でにこにこした。

私は、十年間勤務した二中から、清川を隔てた町中の八王子四中に異動していた。五年前から互選で学年主任をしていたので、それなりの責任がある。

新学期は学年集会や、委員会活動の目標を話し合わせるなど、授業以外の指導があった。軌道に乗るまでが忙しい。そんな時に母が入院したことを言うのは、他の先生たちに負担をかけることになるのでためらわれた。だが、黙っているより事情を話して、協力をお願いするほうが良いと判断した。

「言ってくださってよかったですよ。こういうことはお互い様です。勤務時間はとうに過ぎています。すぐにお帰りください」

と口々に言う。教員には、勤務時間はあってもないに等しい。

「光子先生、何をするかの指示を出してください。後は任せて、早くお母さんの所へいらっしゃってください」

事情を知った学年の先生たちは、しきりに言ってくれた。

この学年は気持ちが揃っていて、何か事があると、「それはまずいよ。こうしたほうがいい」など、なんでも自分の考えが言える信頼関係ができていた。私が「こうしよう」とは言わず、皆で、「よりよい方向へ」と案を提示し合って解決していた。私は、ただにこにこして、皆の意見を聴くだけで済んでいた。

今の学年で一番若い英語科の門倉聖恵先生に、「新卒でこの学校へ来た時、緊張しきっている私に一番最初に声をかけてくださったのが、光子先生だったんですよ。どんなに嬉しかったか。私はそれから、自然にそういうことのできる先生になりたいと、ずっと思ったんですよ」と、言われたことがあった。

「佐藤先生には、『何かあったら、私が責任持つから』と、学級経営も僕たちのやりたいようにさせてもらっている。でも先生はちゃんと細かな目配りをされていて、生徒にも声掛けをされる。自然と皆で協力する体制ができちゃうんだから、佐藤先生って不思議だよなあ」と言われて、はっとした。

「学校には、スクールマザーが必要です」と昔、谷合先生が言っておられたことが思い出された。先生は八十歳を過ぎた今もお元気で、年に一回お訪ねしている。

しかし、その言葉はどこへ行っても聞いたことがないので忘れていた。

あれは、谷合先生の造語だったのだろうか。

今、学年の仲間にそう言われるのが、谷合先生が思い描いておられた「スクールマザー」に当たるのだろうか。

先生たちは忙しい学期初めなのに、車通勤の先生がわざわざ帰りに病院に寄って、母に、「お元気になって、またお母さんのお漬物でお茶を飲ませてくださいね」などと励ましてくださる。

新学期の疲れている先生たちにこのように立ち寄ってもらえるのは、前から母と会っていたからだ。

二中より生徒数が少なく、五クラスに専任七人構成の学年だが、定期試験の前の土曜日は部活も休みになるので、生徒の下校も早い。チャンスである。

「さあ、学年会を開こう」が合言葉で、奥多摩のあたりへ行ったり、五日市の鱒釣り場などへと向かう。気分転換をするのだ。みんなで夕飯を食べて帰るのだが、帰りの道筋を少し曲がると私の家がある。二中時代もそうだったが、先生方はよく家に寄ってくれていた。「佐藤先生の家へ行って、お母さんに会って帰ろう」と誰かが言い出して、突然寄ることになり、母を喜ばせてくれたりしていたからだ。

皆は母に一回は会っている。門倉先生はすぐに様子を見に来てくれた。そういう関係だった。見舞いに寄ろう、と言ってもらえ、有難いことである。

「帰る時、両手を合わせて『お疲れの中、ありがとうございます』とにこにこされて、まるで仏様みたいな感じがしました」と、真っ先に見舞った門倉先生は、翌日朝の学年打ち合わせの時に、報告した。

京都からすぐに一家で見舞いに来た時は、母は喜んで起き上がったが、二度目に来た時は起き上がる体力がなくなっていた。

毎朝、夫と一緒に病室へ寄って「行ってきます」と挨拶する。「はい。運転、気をつけて。行っていらっしゃい」と、寝たまま言ってくれていた。

見舞いに来てくれる人たちに、「ありがとうね。忙しいのに来てもらって」とはっきり言っていたが、入院して十日も経つと、笑顔になるけれど誰だかわからない様子だ。言うことに頷いてはいるけれど、誰彼に手を合わせ「お世話になっています」と言うだけになった。

十四日の朝、「私、光子だよ。お父さんも一緒だよ。わかる?」と訊くと、私たちをじっと見ているが、頭を少し横に振り、「わからない」と言う。私たちの言うことはこんなにちゃんと理解できるのに、顔がわからなくなるのかと、不思議で悲しかった。

母は、わからないのを嘆く様子もなく、痛い所や苦しい所もない様子で、終始穏やかな顔を私たちに向けていた。

「じゃね。また来るね」と言うと、いつものように息子や私たちに感謝する様子で、合掌するのだった。

そして、その翌日、入院二週間目の九月十五日の夜、母は忽然と逝ってしまった。

見舞いに来てくれる人の顔もわからなくなっているのに、にこにこと笑い、合掌する母のまま、老衰で逝ってしまった。

平成七年、九十二歳。天晴な最期だった。

以前、お寺のことに夢中になっている母を、嫂が「おばあちゃんは、大きな蓮の台座に座って、あの世へ行けるだろうね」と揶揄したことがあったが、まさにその通りだった。

母を家に迎える用意をしなくては、と急いで夫と竹口病院を出た。寝静まった家々。月が煌々と辺りを照らし、虫がすだいている。仰いだ空の果てしなさ。

〈天に月地に虫母の旅立ちぬ〉

自然に口をついて出た。

父の時とは違い、皆でその最期を看取ることはできなかったが、母は日ごろから「佐藤の所で本当によくしてもらった。私が黄泉《あっち》の国へ行ったら、必ず皆を見守っているからね」が、母の口癖だったし、それを聞いて、「おばあちゃん。頼むね」などと孫や私たちも笑いながら言い合っていた。だから、「あれをしてやればよかった。これも―」と言うような後悔は、誰にもない様子だ。

私は棺の中の母が仰臥しているのを見て、背筋が真っ直ぐに伸びているのに驚いた。真っ直ぐならこんなに背が高かったのか！　と。私はいつも見下ろすか、屈むようにして母と話をしていた。

「見て、見て！　お母ちゃんを。こんなに背筋が伸びている！」

「気持ちよさそうだ」

「随分背が高かったんだね」

皆も集まってきて、口々に言った。

人見知りをして来客があると絶対に部屋から出てこなかったチビが、母が病院から帰ってきて安置されると、いつもならまず「おいで」と手招きして抱き上げてくれる母が、知らん顔で横たわっていることに異常を感じ取ったのか、おびえた様子だった。

しかし部屋から出ることをせず、隅のほうでじっと蹲っている。あの、知らない人のいる所へは絶対顔を出さないチビが、である。

慌ただしく動き回る人たちの中で、チビだけが、皆の邪魔にならないように、壁にピタリと張り付いて蹲っている。純粋に母の死の悲しみに耐えているようだ。

猫でも、可愛がってくれた人の死が、こんなによくわかるとは――。

〈白菊や棺に猫の身じろがず〉


葬式が終わって、どんなに悲しいかと思っていたが、頭の上が空っぽになった感じがしていただけだ。

竹口病院を出た時に仰いだ、果てしない空が頭の上に広がっている、という感じだ。

きっと悲しみや寂しさは、後から来るのだろう。それより、安堵の気持ちが大きい。子供としての、一番大事な役割を無事に済ませることができたことの安堵である。

日中、誰もいなくなった家の中で、チビはどうしているか心配だった。寂しくて寂しくてたまらないのだろう。私が帰ってくる車の音で、いつも玄関に来て待っている。「さびしくなったね」と、頭を撫でてやると、嬉しそうに体を擦り付けてくる。

夫にも少しずつ慣れて、傍へ行く。すると夫も可愛いと思えるようだ。母がいなくなって、両方で歩み寄った感じである。

母は、梵鐘の入魂式には参列できなかったが、思いようによっては、黄泉の国で最初に鐘の音を聴くことができたのである。

私は翌々年定年になり、八王子五中に嘱託として勤めていた。そこの名取龍蔵校長に、でき上がった梵鐘の写真を見せた。校長は僧侶でもある。

まじまじと見ておられたが、「なかなか立派な梵鐘ですね。この肩のあたりの丸みや鐘の丈、これは間違いなく良い響きですよ。いやあ、良いことをされましたね」と言って喜んでくださった。

上越では、もう三十年近く朝に夕にその鐘が撞かれている。大金を投じることに反対した長兄も平成二十五年に亡くなり、この鐘を聴いているのだ。何か不思議な気持ちになる。

多くの人の耳に、心にその鐘の音が届き、癒していることを願わずにはいられない。

「トトトントトトン」

母が旅立って二年ほどしてからのことである。チビは目やにが出るので、動物病院へ夫が連れて行った。我が家にゲージなどないので、友人から聞いた方法で、座布団カバーに入れて、チャックを締めた。チビは恐怖のために暴れたが、夫は自転車に乗せて連れて行った。帰りにまたカバーに入れてチャックを締めていたら、通りかかったどこかのおばさんが、「可哀想。顔だけでも出して、チャックをしたら」と言ったそうだ。（そうだなあ）と思い、首までチャックを締めて自転車に乗ろうとしたとき、もがいていたチビの爪でチャックが緩み、飛び出して、脱兎のごとく一目散に昭和記念公園の垣根を潜って姿を消したという。

夫はすっかりしょげて帰ってきた。

家から出たことがない猫だ。見知らぬ場所の、広大な公園に入ったのでは、家の方向もわからないだろう。しかし手の打ちようがない。

それでも何回か、逃げたところを見回りに行ったが、猫や犬の一匹にも出会わなかった。

諦めた。そして、あんな人見知りをする猫は、餌にもありつけず、果たして生きていかれるか、飢え死にするに決まっていると、可哀想で涙が出た。

仏壇の母もきっと心配しているであろうと、毎朝夫がお線香を立てるたびに、「どこかで飼われて幸せになっていてほしいです。よろしくお願いします」と、私はチビの無事を願って手を合わせていた。

三年くらい経った夏、キジトラの猫が時々家の庭を通るようになった。毛がキジトラの猫は、一番よく見かける猫だ。チビもありふれたキジトラで、向こうから寄って来なくては見分けがつかない。庭を横切る猫は、太っていてたくましそうだ。とてもチビの面影はない。それでも「チビ」と呼んでみた。と、一瞬立ち止まるが、こっちを見るとさっと逃げる。それでも時々知らん顔で横切る。

ある時、縁側を開け放して台所にいると、何やら気配を感じ、振り向いた。例のキジトラが二階の階段を上がっていく。いきなり二階へ行くとはー。チビだと確信したが、それにしてもあまりに、とにかくあまりにもたくましくなっている。私はわざと二階へは行かず、様子を見ようと思った。しかし降りてくる様子がないので、その場から「チビ」と声をかけてみた。すると、階段をトトトントトトンと駆け下りて、さっと縁側から外へ飛び出した。

間違いなくチビだ。

母が下に来ていると、決まってチビは「トトトントトトン」と階段を音立てて降りてきて、母に纏わりついていた。その時と同じリズムだ。

それにしても、もっと懐かしんでくれてもいいのに、と抱いてやれなかった寂しさが募った。

今度姿を見せたら、抱いてやろうと夫と話をして待っていたが、それ以降、姿を見せなくなった。

夫は一度もその猫を見たことがない。だから、私の話を信じていない。

「呼ばれたのに、挨拶もしないで逃げていくとは」と、なかなかなじまなかったこと、夫が病院へ連れて行ったのに、逃がしてしまったこと。私は咎めなかったが、母への申し分けなさもあって、チビには複雑な思いをいだいていたようだ。

自分に顔を見せずに逃げるとは――と、不快な様子だ。

まあ、あんなにたくましくなっているなら、どこかで飼われているのだろう。

それにしても、二階へまっすぐに行ったところを見ると、母がいるのではないかと期待して行ったのかもしれない。そしていないことを確かめて、来なくなったのに違いない。

きっと今は居心地の良い所にいるのだろう。そう思いたい。

「やっぱりお母ちゃんでなくちゃダメなんだね」と、母の仏前に報告し、「ともかくどこかで飼われているようだから、心配しないで」と、寂しさを感じながら手を合わせた。

第八章

俳句と私・糸魚川『麓』入会

俳句の会に入っていたことは、母の梵鐘寄贈の所で少しふれた。重なってしまうが、まとめて書きたい。

教科書に俳句が載っていて、「俳句は奥の深い文芸だ」と言われているのを聞くと、少しでも俳句と言うものを理解しておく必要が感じられ、『麓』へ入れてもらった。

平成元年八月の末、新潟県西端の青海町で「奥の細道三百年記念全国俳句大会」が催され、翌日は加藤楸邨先生を迎えて講演会がある。その前夜祭は俳句大会だった。昼過ぎに市振を吟行し、俳句大会の会場は長円寺だった。

市振は芭蕉と曽良が「奥の細道」の途次一泊し、〈一つ家に遊女も寝たり萩と月〉の名句誕生の地として有名である。

教科書に楸邨の〈燕はや帰りて山河音もなし〉があり、〈木の葉ふりやまずいそぐないそぐなよ〉などを生徒に暗誦させた。

夏休みでもあり、楸邨先生の話を直に聴くことができるとは、またとないチャンスだった。

友人に誘われて『麓』の会員にはなっていたけれど、吟行の体験はない。友人の後について歩いたが、何をしたらよいかもわからず、友人が手帖に書き込む文字を覗き込んで、「何書いているの?」と、訊いた。「見たものをメモして五七五でまとめるのよ」と言うだけでノートを隠し、不親切だった。

私は仕方なく、皆の真似をして所々で立ち止まり、「句碑」「蝉」などと、手帖にメモした。友人は、もう思うような俳句ができたのか、にこにこと寄ってきて「できた?」とノートを覗き込んだ。「あれっ、単語だけじゃないの。早く五七五にしなくちゃ時間切れになるよ」と急かす。吟行は初めてなので、配られた短冊に句を書いて出すことも知らなかった。締め切りの時間が来て、とにかく集めに来た人に渡した。それを担当の人たちが手分けをして清書し、番号を打って印刷したものを夕飯後の句会の時に配るという。

翌日楸邨先生が講演に見えるというので、参加者は『麓』の人たちばかりではなく、遠くからたくさんの偉い俳人も参加しているようだ。そのため、一般会員の選句はないというので、殆どの人は振り分けられた民宿へ夕飯を食べにと、にぎやかに分かれていった。

市振は海辺だったので、お刺身や焼き魚などたっぷりの御馳走だ。

俳句には、こういうふうに名所旧跡を訪ねるという旅行もあるのかと、少し楽しみになった。

夕飯後、長円寺で句会だ。お寺の本堂はぎゅうぎゅう詰めで、海の風は時々入るが、人いきれでむせるようだ。いかに翌日の楸邨講演を楽しみに遠路を来た人たちが多いか想像できた。

俳句の数が多いので、挨拶は省略して、と、すぐに選句の発表になった。

配られたプリントに自分の俳句を見つけて、番号に印をつけて、自分の句が読み上げられるのを期待して、わくわくしている様子だ。私はどうせ読み上げられることはないと、印をつけずにいた。

「百三十五番、〈空蟬は海を背にして句碑を噛む〉」と、読み上げられた。誰も名乗る人はいない。もう一度読み上げられた。隣の友達は私の腕をつかみ、「わんちゃんじゃないの」と言う。あ、それ、私が単語を並べた順になっている。「ほら、名乗るのよ」と横でせかす。

「すみません、佐藤です」と言うと、「ここでは、ただ下の名前を言うだけでいいのです」と、初心者とわかったようで、名乗るのに時間がかかったが、親切に言われた。「はい、光子です」と、言い直した。

最初に「＊＊選」と言ったはずなのに聞いていなかったし、聞いていても知らない人ばかりで、どの人に選んでもらったのかわからない。何でも初めてのことなので焦ってしまう。

しかしこんなに大勢の中で自分の俳句が披露され注目されるのは、何という快感だろう。私は名乗った途端、俳句が好きになった。

『麓』は加藤楸邨を師系として、「風土」を詠む結社だと知った。楸邨先生の講演は「ものをよく見る」という内容で、（そうか、だから昨日の吟行の時、皆立ち止まってじっとしていたのだな）と、納得したのだった。

私は、市振の吟行会に参加してもまだ仕事は現役のため、時間的な余裕はない。『麓』誌に毎月五句送るだけだった。関東には東京と岩槻に支部があったが、東京の句会はウイークデイなので、月に一回日曜日に句会がある埼玉の岩槻へ時間のある時に出かけた。当時は電車を四回乗り継いで、二時間余りをかけての参加だ。

美規主宰は糸魚川の高校の教師だったが、教え子が岩槻にいるという縁で支部があった。年に二回、主宰は直接指導に見えた。

俳句が他の文芸と違うのは、吟行をしてすぐに句会を開き、自分の詠んだ作品がその場で評価される。どちらかと言えば気の短い私には合っているような気がして、主宰が岩槻に見える時にはできるだけ参加したいと思った。市振へ行った時から俳句の世界が少しずつ見えてきた。

そんな遅い俳句との出会いであった。

私が八王子二中に着任したのは、前にも書いたが、教頭先生として転出される国語の綾部仁喜先生の後任であった。

綾部先生のことは後に知ったのだが、石田波郷の門下で後に『泉』の主宰になられるほどの方だった。

朱夏君の家へ家庭訪問をしたことがあった。蔵書がぎっしりで、普通の国語の先生の書斎とは思えない。本が積まれたその畳が少し沈んでいたのが印象的だった。

奥様は小学校の先生をしておられ、同業者として話が弾んだという記憶がある。

その頃から俳句をしていれば――という残念さはあるが、教師として皆より十年以上も出発が遅いので、勉強しなければならないことが山ほどあった。

ががんぼの脚

『麓』で俳句を始めて八年くらい経ち、月一回日曜日に開かれる岩槻での支部句会に出るようになってからのことである。

「ねえ、私の友達で、別の結社に入っている人がいるの。その結社で今度伊東へ蛍狩りに行くんだって。俳句をやっていれば他の結社の人でもいいとかで、誘われたのよ。どう、一緒に行かない」と中村正子さんに誘われた。彼女は糸魚川の出身ではないけれど、家の近くで『麓』の支部会があることを知って俳句をし、同人になっていた。私も『麓』に入って八年目に同人になったばかりだが、勤めているので泊まりがけの吟行は殆どしたことはない。今回は幸い学校も休みだ。「うん、行きたい」と即答した。

バスの始発は大宮である。東京から乗る人は東京駅近くの道路上からなので、長くは停車できない。遅刻厳禁だというので緊張して家を出た。

指定された場所には、十数人それらしき人はいたが、もちろん知らない人ばかりだ。二台の観光バスは時間通りに到着した。どちらへ乗ろうかとうろうろしていると、前のバスから世話人らしい男性が降りて、「『麓』の佐藤さんですね。この車に乗ってください」と、愛想よく笑顔で手招きした。バスのタラップを上がると、だいたい席は埋まっていて、正子さんは中程の席で手をひらひらとさせていた。もう膝の上に句帳を広げている人たちは、皆私を見ている。緊張して頭を下げながら正子さんの隣へたどり着いた。

「もしかしたら、他の結社からは私たちだけ？」「そうみたいね」と、正子さんも声を潜めて言った。

バスが発車すると、さっきの男性はマイクを握って「今日は先ほどご紹介しました中村さんと同じ『麓』の佐藤さんが参加してくださいました」と言った。私は慌てて立ち上がり「よろしくお願いいたします」と頭を下げ、拍手の中を小さくなって腰を下ろした。

日程表を正子さんから渡され、見ると「バスを降りる時に、道中句を一句投句」とある。清記の間一休みして、プリントができ次第すぐに句会のようだ。早い夕食の後、蛍を見に行く。宿に帰って三句提出して清記が終わり次第句会。その後懇親会となっている。こんな強行軍の吟行句会は初めてだ。

「主宰はもう、伊東に着いておられるそうです。着いたら、まず一句ですよ」とマイクは言う。「主宰って誰?」私は小さい声で正子さんに訊いた。「あ、言わなかったっけ。金子兜太さんよ」「えー」びっくりした。我ながら呑気というか、間抜け加減にそこから逃げ出したくなった。

もう三十年も前なので、まだ兜太さんは今のように俳句の神様のように言われていない頃であった。美規主宰は、「楸邨さん、楸邨さん」だったし。中学の教科書には、子規や楸邨、草田男、それに新しいところで「河馬」の坪内稔典さんのエッセイが載っていたが、金子兜太さんはまだ載っていない。ことほどさように抜けている私でも、金子兜太さんは昭和六十四年から朝日俳壇の選者だと知っていた。

〈曼珠沙華どれも腹出し秩父の子〉と、ちょっと泥臭い句、〈銀行員等朝より蛍光す烏賊のごとく〉など、ジュラルミンを連想させる現代風な句を見たことはある。その兜太さんが主宰されている『海程』句会の鍛錬会だったとは——。

焦った。とにかく、まず一句だ。

サービスエリアのトイレ休憩の時、蛇口の脇にがんぼの脚が落ちているのを見た。きっと何かに驚いて逃げた時にもげたのだろう。私も逃げ出したい心境だったので、印象に残った。

和風の旅館に着くと、フロントに兜太さんがおられた。バスの中の男性は幹事さんだったらしく、私たちを紹介した。

「やあ、よく参加してくださった。ゆっくり楽しんでいってください」と、歓迎の言葉をいただいた。もっと怖い感じの方を想像し、緊張していたので、思わず正子さんと顔を見合わせ、「よろしくお願いいたします」と、声が揃った。

通された和室は、六畳ほどで広くはないが、二方に雪見障子があり、そこから見る坪庭の緑が美しい。特別室らしい。『海程』から一人同室になった人は、手慣れた様子で、すぐにお茶を淹れて勧めてくれた。雑談していて、その話し振りから無鑑査同人ではないかと想像され恐縮した。間もなく清記がプリントされたようで、「広間にお集まりください」と報せが来て、筆記用具を持って広間へ行った。選句の披講である。私が出したのは窮余の一策で、〈こんなところにがんぼの脚がある〉だった。あの手洗いで見たこと、感じたことを、指を折ってみると七五五の破調だが、どうしても他に詠めなかったら、これを出そうと思った。結局他のものは見たものの説明だったりして、自分の気持ちが入っていない。

披講されると、意外に点が入った。ところが、最後の主宰選では、△の予選だった。すると、あちこちから手が上がり、「先生。僕は作者の驚きと痛ましい思いが、平明な言葉で、かえってよく出ていると思ったのですが」と言う人がいて、他にも不満の声が上がり、異議を示してくれた。

主宰は「ぼくも良いと思ったが、予選にしたんだ。そうかね。そんなにいいかね。みんながそう言うなら、格上げしよう」と言われた。

こんなに自由に主宰に言える雰囲気に私は驚いた。

「はい、これ、どなた」と訊かれた。

「はい。ありがとうございます。光子です」

と名乗ると、「おー」というような声と、ぱちぱちと拍手が起きた。あったかい雰囲気に、胸が熱くなった。

参加者八十人で一句ずつなので、すぐに終わり、食事になった。食事の後、蛍を観に行くので、アルコールは懇親会で、らしい。

この食事の時も、主宰の両側に正子さんと私の席が決められていた。他の結社から個人で勝手に参加して、当日の会費しか払わないのに、こんなもてなしを受けていいのかと落ち着かなかった。帰ったら、すぐに美規先生に報告し、お礼状を書こう。

「美規さんはお元気ですか」「岩槻支部へは、年に何回見えるのですか」「美規さんのスキーの腕前は、なかなかなものらしいですな」などと、気を使って話をしてくださる。

都会ではなかなか観ることのできない蛍狩りに参加させてもらい、和気あいあいの、心に残る吟行旅行だった。


〈恋蛍やがて一途に降下せり　　光子〉

握手

八王子四中に転任して、一か月ほどしてから学年ごとの保護者会があった。「佐藤先生は俳句をなさるそうで」と、他学年の保護者が私の所に来て言った。「俳句と言っても、指を折るだけで――」と、恐縮して返した。

本当にそうだった。授業で句会のまねごとをしたりしていたが、それは二中でのことだ。どうして知っているのかな、と思った。

二中にいた時、八王子図書館に私のエッセイ集があったと、生徒が借りてきて回し読みしていたことがある。そこに少し俳句について書いていたから、保護者にもそう思われたかもしれない。

「私、三橋敏雄の娘の涼子です。家に俳句の本がたくさんあるものですから、もしよかったら」と、飯田龍太や中村草田男などの句集を数冊差し出された。

私は、確かに『麓』に入って俳句はしているけれど、ただ毎月五句を主宰宛に送っているだけで、吟行の経験も少なく、先人の俳句も読んでいない。

三橋敏雄と言われても、俳句はもちろん、名前さえ知らない。困った。そこへ、私が学級担任をしているクラスの保護者が二人来て、話の終わるのを待っている様子だ。

「有難うございます。どれも持っていませんので、読ませていただきます」と、頭を下げて受け取った。

他に何か話があったのかもしれないが、そのまま帰られた。

調べて驚いた。新興俳句の旗手。戦争体験に拘り、〈いっせいに柱の燃ゆる都かな〉〈戦争と畳の上の団扇かな〉が代表句とある。もちろん蛇笏賞も受賞。大変な方と認識した。

平成十三年、私は八王子五中で嘱託をしていた。

授業から戻ると、東京都教職員分科会俳句部の回覧が私の机の上に置かれていた。何気なく見ると、「十月二十七日新宿御苑吟行後、神楽坂エミール会館で講演と句会。講師三橋敏雄」とある。即申し込んだ。

当日の新宿御苑は、残り少ない桜紅葉を風が散らしていた。

知った人はいないので、一人で歩き、早めに会場へ行った。

新宿御苑では見かけない人たちばかりだった。講演と句会が目当ての人たちで、熱気に満ちていて焦った。私は、都の教員の俳句部があることは知らなかった。毎年何回か吟行をして、句会と講演会が持たれていたらしい。皆顔見知りらしくて賑やかに喋っている。百二、三十人はいるだろうか。聞きやすい席はもうなくて、後ろの隅に座った。

三橋先生は体調が優れないと聞いていたが、講演も句会の選句もされた。私の座った所は、動き回っても人の邪魔にならない。写真を撮って涼子さんにあげようと思っていた。畳敷だったので、先生のために椅子が用意されていた。いろいろな角度から先生を写すことができて良かった。

少しの雑談の後、俳句は先生だけの選で、その選句を通しての話が今回の講演となった。

選は秀逸五句と特選三句だ。特選には先生の短冊がいただける。と、秀逸五句の中に私の「桜落葉鳩に足音ありにけり」が読み上げられ、思いもかけないことなので、隅っこで立ち留まったまま、「はい、光子です」と上ずって名乗りをした。続いてこの句についての講評をされたが、思いがけない入選で気持ちが高ぶっていて、遠くで話をされている先生の声がはっきりと聞き取れず、句帳にメモを取ることができない。諦めてカメラで先生を撮っていた。

四中転任最初の保護者会の日に、涼子さんは学年が違うのにご挨拶に見えて、後に話をするようになった。私が高野喜久雄と知り合いということを話して以来、「東京新聞に高野さんの詩に関する記事が出ていましたので」とわざわざ切り抜いて届けてくださるなど、親しくなっていた。

いくら親しく話をしている涼子さんのお父上でも、ご挨拶に行くつもりはなかった。けれど、大勢の作品の中から先生に採っていただけたことは、最高の栄誉だ。またとない機会でもあるので、一言お声を掛けたくなった。

句会が終わって、特選三句の作者へご褒美の短冊を書き終わられるのを待っていて、名乗った。

「そうですか。孫の学校の――」と言って、手を差し出された。骨太の大きな手だが、驚くほどひやりと冷たく感じられた。今ではその時の手の冷たさのほうが印象に残っている。

後日、写真を涼子さんに送ると大変喜ばれた。選評を書き留めることはできなかったが、喜んでいただけたので後悔はなかった。

その句会が先生にとって公の句会の最後だったとか。三十余日後の十二月一日にご逝去されたのだった。

先生は、そんなお体で長時間選評をされていて、どんなにお辛かったであろうかと、冷たい掌と共に思われるのだった。

私が撮って涼子さんに送った写真が、最期の写真になったそうで、雑誌社から直近の写真が欲しいと言われ、「ネガを貸していただけませんか」と、涼子さんに頼まれた。

その中の写真の一枚は、平成十四年『俳句』三月号【追悼大特集・三橋敏雄の生涯と仕事】の、池田澄子女史の追悼文の頁に載った。三橋先生が人地天賞者への短冊を書いておられる写真だ。

池田女史は、〈じゃんけんで負けて蛍に生まれたの〉の句で、人口に膾炙されている俳人である。

令和四年二月、現代俳句協会の多摩地区の会報『多摩のあけぼの』の編集部から、会報に掲載されている百五十句ほどの会員の俳句から、一句鑑賞してほしいと依頼があった。その中に、遠山陽子女史の〈見えぬ手に頭叩かれ三橋忌〉があった。その句を見るや、この句の鑑賞をしようと決まった。

もう、二十年余も前の、「そうですか、孫の――」と言われて、差し出された大きな手のあの感触がまたも鮮やかに甦ったからである。

池田女史と同じ三橋門下の遠山女史には、ずしりと六百数十頁に及ぶ大作、第四回桂信子賞を受賞した『評伝三橋敏雄―したたかなダンディズム』がある。詳細な記録の本であることを思い出した。あの句会は、亡くなられる直前の句会なので、記録されているかもしれない、とひらめいた。

読み残していた最後のほうをぱらぱらと捲ると、あった！　私の句の選評も。

あの時は、写真を撮ることに気を取られていて肝心の講評を聞き取ることができなかったと悔やまれていたが、この一句鑑賞の機会を得て詳しく読むことができた。

［鳩に足音があるかどうか。殆どないに等しい。ない足音を〈ありにけり〉と逆に言って、幽かな足音を聞かせる手ですね。鳩の足はピンク色をしています。桜紅葉も当然色づいて

いるから、落葉を踏んでいく鳩の足と色彩が重なってくる。作者はその色合わせではない足音の方で勝負に出た。それが成功したのです」と、評されていた。最高の光栄だ。

遠山氏は、令和四年の今年、『遠山陽子俳句集成』で、第二十一回俳句四季賞、第三十七回詩歌文学館賞をダブル受賞された。

『岳』の行事に来賓として参加されたりしていて、拝顔はしているが言葉は交わしたことがない。それなのに、とても嬉しく目出度く思えた。

そのことをエッセイ教室で書いたところ、「あら、陽子さんなら、淀橋第一小学校以来の三羽烏だったのよ。もう、四十年も会っていないけれど」と鈴木恭子さんが声を上げられた。

「じゃあ今度一緒にお会いしましょう。私から、手紙でこのエッセイを送ります」と言った。

九十近くなって、また一つ新しい縁が結ばれるとは、嬉しいことである。

第九章

産土《うぶすな》の友達・隆介の黄泉からの手紙

二〇二一年九月の末、一通の封書が届いた。「あ、隆介さんの手紙」。字を見ればわかる。彼は小学校二年生の時に父親の実家、高田に疎開してきた。同じクラスになって、彼がわら半紙に絵入りのお話を書いているのを知り、私は刺激を受けたのだった。

終戦になっても東京へ帰らず、そのまま高田にとどまり、高田高校から現役で東大に合格した。東京で開かれた中学の同期会で会った時に話をするようになって、年賀状を交換したりしていた。

しかし、封書とは意外だ。いつも葉書に大きな威張ったような字で要件を簡潔に書いてきていたのに。

封書の裏を返すと、宛名書きの筆跡と違い、佐藤弾とある。ご長男だ。「そうか、やっぱり逝ってしまわれたか」。彼の訃報だということは、開かなくても想像できた。もう十年以上も前から癌に罹って次々と転移し、苦しんでいることを知っていたからだ。「佐藤光子様一足お先に――酔生夢死の八十有余年を終え彼岸に引っ越しました」と書き出されていた。

別紙に書かれた弾氏の手紙には、「余命一年と築地の癌センターで宣告されたその日から、毎晩一枚一枚ウイスキーを飲みながら書きためていました」とある。

彼とは親しいわけではない。ただ、彼が癌だと知って、励ます意味で直近の著書、新潮文庫『素顔の池波正太郎』を四十冊注文した。友人たちに、ちょっとしたお礼にあげると喜ばれたので、その後も追加注文した。律義に感想を寄せる友人もいて、それをコピーして送ると、彼はいたく感激したのだった。

東大のフランス語科を出て博報堂へ。ところが、彼は友達四人と雑誌「ＮＯＷ」を立ち上げるために会社を辞めた。雑誌の名前を売るためには人気作家の作品を載せたいと、池波正太郎に目を付け、日参するうち、池波の男の流儀に惚れ込んで書生になってしまった。池波が四回だかフランスに旅行した時も、彼は有能な秘書だったようだ。

池波は超多忙なので、小説やエッセイの構想を語って彼が書き上げる、いわゆる「聞き書き」した作品がいくつかあったらしい。それが好評だったので、自分には食や旅の雑文業より、作家という道もあるのではないかと立ち止まったようだ。有能な書生で、「辞められると困る」と言われても「自分なりの生活をしてみたい。十年お暇をいただき、十年後に必ず戻ってきます」「必ずだな。俺がお前の葬式を出す。それがおれの感謝の気持ち。約束だぞ」

そう言い合ったという仲なのに、お二人とも、もうこの世にいない。

物書きを生業としていたとはいえ、ウイスキーを飲みながら、知り合い一人一人に書いた別れの手紙——。

話しかけるように書かれていても、受け取った人は、返事の出しようがありません。それでも、あの世というものがあると信じている私です。会えたら小学校時代の、皆の注目を集めていた人気者の「隆ちゃん」の話をしましょう。

それから、貴方が「色紙や短冊に俳句を書いた時に捺すといい」と、私と伸子に彫ってくださった落款、名句ができなくてなかなか使う機会はないけれど、大事にしています。

ブリューゲルに恋した森洋子

小学校から高校まで一緒だった有沢洋子（通称有《あり》ちゃん）は、頭が良い上に努力家だった。

私が田圃で家の手伝いをしている間、ピアノや日本舞踊のお稽古事のスケジュールで埋まっているような、「お嬢さん」だった。

高田は、今よりもずっと雪が積もって冬が長かった。畑仕事ができなくても農家では藁仕事があって、底冷えのする土間で藁仕事をしていて、農家には一年中休む暇はなかった。

高田には豊かな歴史と文化に育まれた工芸品が少なくないが、藁仕事で作られる雪沓や草鞋、かんじきなどは、農家での冬の産物だ。

雪に閉じ込められた街に住む女性たちは、明治時代に横浜で輸入したブレード（テープ）の技術を活かし、明治末に有沢富太郎が東洋ブレード（株）を高田に起こし、バテンレースが長い冬季の女性の手仕事となり、当時の高田市では八千人が従事していたという。

有ちゃんはそこのお嬢さんである。私とは、同級でも接点がなかった。

ところが卒業して十数年後の同級会で隣り合わせになってから親しく話をするようになり、年賀状の交流が始まった。今、手元に残っている葉書の一番古いものかもしれないが、昭和四十二年の賀状で、森姓になっていて代々木ハイツの住所だ。「私も三月に出産致します。やっと一人前というわけかしら」とある。

この辺りからの交流は、佐藤隆介君と同じ頃だ。

彼女は、お茶の水の哲学科を卒業し、独・米（修士課程）・ベルギーに留学した。そこで出会ったブリューゲルの農村風景の絵に心を奪われたという。以後ブリューゲルづくしの研究人生を送っている。

ブリューゲルの第一人者で、ここに書ききれないほどの賞を受け、世に「ブリューゲルの森洋子」と言われるようになった。日本でも二〇〇一年に紫綬褒章を受けている。長年のブリューゲル研究により、ベルギー王から王冠勲章シュヴァリエ賞という賞を受け、二〇一一年には、ベルギー王立考古学アカデミーの外国人会員に選出されたとのことである。学位は西洋美術史で、秋篠宮家へご進講にも上がったとのことである。

有ちゃんに「なぜブリューゲルなの」と訊いたことがある。するとなんと、「ブリューゲルの絵が、北城高校の近くの中島田圃の農村風景とそっくりだったからなのよ」と。

私にはありふれた産土の農村風景でも、お嬢さん育ちの彼女の琴線に触れるものがあったのだ。ふるさとは、やっぱりありがたい。

私の《玉手箱》は、成人してからスクラップブックに替わっていた。そこには、新聞などからの彼女の記事が多い。朝日新聞の「天声人語」（二〇一七年六月二十四日）では、「十六世紀を代表する画家ブリューゲルの〔バベルの塔（ウィーン美術史美術館一五六三年）〕を東京都美術館で見た」という筆者が、森洋子の「描かれた風船の材料が、ブタの膀胱と判明すると、実物を取り寄せて膨らませてみる。お手玉の材料が羊の足の骨とわかれば、パリの肉屋で買ってみる。――画家が画家なら、絵に魅せられた研究者も研究者である」と彼女の研究の熱意のさまを、例を挙げて高く評価していた。

新潟でブリューゲル展が開かれる前に、『上越タイムス』から、「佐藤さんは、森洋子さんと北城で同級と聞きましたが、森さんについて何か書いてもらえませんか」と、寄稿の依頼があった。

絵のことは専門家が大勢いるので、中学生時代の有ちゃんについて書いた。

中学二年の夏休みだったと思う。「クラシックのレコードを何か一曲聴いて、感想を書きなさい」という音楽の宿題が出た。今から思うと高度な宿題だ。私の家にはそんな高級なレコードはない。みんなも困って、友達の家に集まってがやがやと聴いて、「小川が流れているような感じがした」などと、皆とダブらないようにしていい加減な感想を書いたので、今は何を聴いたのかさえ覚えていない。九月の新学期になって宿題を出す時びっくりした。有ちゃんは、一冊のノートを使って、同じ作曲家の音楽を何曲も聴いて、感想はもちろん作曲家についても調べて書いてきたのだ。

先生も驚いて、「有沢さんは、先生の思いもつかないようなことをしてきてくれました。素晴らしいですね」と言って、夏休みの作品発表会に展示された。

ピアノや日本舞踊を習っているうえに、そのような調べ物への熱意、物事に徹底して向き合う姿勢は、研究者になる素質を既に物語っているエピソードである。

その寄稿した新聞を彼女に送ると、大変喜んで、『シャボン玉の図像学』というずしりと重い本に、「『森の文学賞』入選おめでとうございます」と、どうしてそんな小さい賞のことを知っているのか驚いたが、為書きをして送られてきた。彼女の本は何冊かあるが、これはとても貴重な本だ。私には、猫に小判と言えるが、孫子に残すべく大切にしている。

『日本経済新聞』に連載されたブリューゲル他、西洋美術の絵の「食は語る　十選」が、明治大学名誉教授の肩書がついた彼女の記事も切り抜いて貼ってある。

その切り抜き帳の同じところに、古い週刊誌をコピーしたご主人に関する記事も貼っていた。

「室内でも陽光サンサン野菜はスクスクと」という見出しで、「日本一の貸しビル業〈森ビル〉社長を父に持つ、慶應大理工学部（管理工学）森敬教授（53）が発明した、愛称〔ひまわり〕の記事」が写真入りで報じられたものである。

どのようなロマンスの結果の結婚か聞いていないが、ご夫婦揃って大学教授。二人の娘さんが小さい時、「夏休みに別荘へ行っても、お母さんは勉強ばっかりで遊んでくれない」と、不満を言っている記事を読んだことがある。しかし、スクスク育ったのだろう。私の本棚に二十年も昔に発行された週刊誌が立てかけてある。朝日新聞社の「AERA」だ。二〇〇二年九月二十三日号の表紙に、森万里子さんがアップで使われている。最終頁の紹介を見ると、「アーティスト」とある。詳細は省略するが、「日本より海外で有名。ニューズウィーク（二〇〇一年七月二日号）の表紙を飾り、イチロー、坂本龍一らと「日本の頭脳流出」の代表例に挙げられた」とあり、両親に負けずに自分の目指すものにまっしぐらの様子だ。

有ちゃんは子供のことを話題にして自慢することもないし、万里子さんのほうの記事も、両親について一言も触れていない。しっかり独立して活躍しているのだ。

有ちゃんは病気でご主人を亡くしている。以前、新潟で行われた講演会の後、再婚はしないのですかと質問されたという。

「しています、ブリューゲルとです、と冗談に答えた時、会場にいた兄が笑わないで、少し苦い顔をしたの。冗談が過ぎたと反省し、それ以降、親しい方たちには『ブリューゲルに恋をしています』と言うことにしたのよ。本当に、もっともっとブリューゲルの作品を解明したいと、過ぎ去る時間が惜しいほど私には魅力がある画家なの」と言っていたそうだ。

去年の年賀状には、「2020年、2021年とも渡航制限で海外調査に行けず、活動が制約されましたが、時間的な余裕をもって研究成果を発表できました。一月論文、十一月研究発表「16世紀のフランドルの『強い女性』のことわざを再考する」六本木アカデミーヒルズ（東京）、十一月講演、『ダニエル・オスト　驚異の花のモニュメント─西洋美術と東洋美術の融合と変容から─』パレスホテル（東京）　長年準備中の本を今年出版したいと思っています」とあった。忙しい有ちゃんの年賀状は年賀はがきだが、一月とは限らず、届く。今年もまだ来ていないが、論文などで忙しいのだろう。私には、論文の内容は理解できないことだが、そうして頑張っている同期生がいるということは、誇りであり、励みにもなる。

［上越ネットワーク］伊藤利彦会長の情報によると、「長年準備中」と去年の年賀状にあった本のことだろうが、「この度九年かけて纏めた『ブリューゲルと季節画の世界』を上梓した」そうだ。

本文、注、書誌、索引を合わせると六〇〇頁、図版は四〇〇点の大著だという。『読売新聞』の書評に「伝統形式を脱し独自表現に／農民への人文主義的視線」とあり、『週刊読書人』は「読みの限りない増殖を味わう／絵の魅力の謎を解く」と報じ、ブリューゲルファンにとっては、わくわくする書と言える、とあったそうである。定価　本体九八〇〇円＋税　岩波書店発行。

また有ちゃんは、『新潟日報』に「ブリューゲルをライフワークとするエネルギーの源は、私の郷土愛かもしれない」と語っている。

彼女に、私たち高校の東京同窓会で講演を依頼したことがある。

同期の幹事の新山芳子さんは常々何事にも目配りをしてくれる人だ。その講演会でもスライドの設置など、細かなところまで気配りをしてもらったと喜び、後日「安かったので、芳子さんとお揃いでTシャツ買ったの。着てね」と、送られてきたと聞いた。

世界のブリューゲル研究者になっても、決して偉ぶらないし、飾らないところが有ちゃんの魅力の一つだと思う。

受け取った人が負担に感じない、こうした何気ない義理がたさは、高田人の気質かもしれない。「上越ネットワーク」は、郷土愛に厚い人の集まりで、有ちゃんも芳子さんも会員だ。

有ちゃんは私たち北城高校の「自慢の星」なので、今後も元気で活躍してほしい。

第十章

高野喜久雄・不思議な出会い

一九九九年の年末、立川で正月用の買い物を済ませ、何気なく駅ビルの本屋に入った。文芸雑誌のコーナーの本棚から一冊飛び出している雑誌があった。どうも書架の本に凸凹があると気になり、私は通りながらポコポコと押し込んで歩く癖があった。と、その飛び出ている雑誌は、『現代詩手帖』の新年号だ。押し込むところ、私は引き出して手に取り、ぱらぱらと捲った。

巻頭エッセイは高野喜久雄だ。まるで「ぼく、ここにいるよ。読んで」としか思えぬ出会いに、すぐにカウンターへ向かった。しかも最後の頁には、全詩人の住所がずらりとある。高野は鎌倉に住んでいた。

高田にいた頃、詩の会にバーグマンに似て彫りの深い美しい奥様を同伴された時はショックを受けた。女性としては大柄だが、高野も背が高かったので、お似合いの夫婦だった。

高野の難解な詩もバーグマンには理解できるのだと、羨ましく思った。

それらの思いに悩んだ日々は、歳月で消えていた。しかし今も文芸に興味を持ち続けていられるのは、高野の励ましがあったからに違いないのだ。

私は「覚えていらっしゃいますか」、と近況を書いて手紙を出した。

消印を見ると、手紙の着いたその日に書いて投函されたことがわかる素早さで、厚い封書は大晦日に届いた。宛名に書かれている小さな丸まっこい字は、昔のままだ。その字を見ると、一気に懐かしさが湧いた。

しかし、封を切って読み始めて愕然とし、私の便箋を持つ手が震えた。

「俳句を勉強されているとは、意外でした。あなたのお書きになった小説は、ぼくがモデルだと、地元ではもっぱらな噂になりました。（なぜだ、どうしてそんな身に覚えのないことを書かれたのだ）との思いが、ずっとぼくを苦しめてきました。あなたに問いただそうかと思ったほどでした」と、あったからだ。

私は、半世紀近くも前の、書いた頃を懸命に思い出そうとした。人生雑誌『葦』で、若者の悩みを読んだり書いたりして、その後、佐藤を中心とした『文章クラブ』への勉強会で、小説を書いていた。その時には、登場人物は、身近な人から借りていた。確かに詩人という人も登場させたこともあった。

　女性に人気のある若い詩人には、詩を書く多くのファンがいて、その一人の女性を裏切る話だった。それは『葦』の頃、音楽教師との間で実際経験したという女性の話を下書きにしていた。音楽教師でない職業で書かなければと思ったが、特別意図して詩人にしたわけではなかった気がする。

　高野を想定して書いたのではないから、掲載された時も何ら後ろめたさはなかった。高野を知る人は、狭い田舎のこと、詩人といえば高野を連想するのも無理はない。いくら小説だといっても、素人だから自分のことを書いているに決まっている、と思う。掲載された年に長男が生まれて子育てに夢中で、高田へも何年も帰っていなかったので、そんな噂があったことは全く知らなかった。しかし、現に高野にはずいぶん迷惑だったことは想像ができ、申し訳なさを感じた。きっとその恨みを言いたくて、すぐに手紙を書いたのだ。懐かしいなどと言える場合ではなかった。

　高校時代、憧れを抱いていて、奥様がおられると知って自分の気持ちを切り替えたのだから、その小説を書く時に全く意識の外だったかと、今心の中を覗くと、意識の外とは言いきれないものがある気がした。

読み終わって、高野に何と返事を書こうかと、重い宿題を背負った。

松の内が明け、ようやく返事を書かなければと覚悟を決めた。とにかく高野に謝って、少しでも高野の気持ちが晴れてくれればと願わずにはいられない。

「先生にそのようなご不快な思いをおかけしていたとは、夢にも思わずにおりました私の至らなさを、どうぞお赦しください。詩人という人物を登場させたことを、今思い返しますと、先生への憧れの気持ちがあって、その裏返しの気持ちが自然に出てしまっていたのかもしれません。それが先生にご迷惑おかけしていたこと、この度初めて知りました。どうぞ、お赦しください」と、高野を傷つけないことの一心で返事を書いた。

暫くしてから、「赦す、赦さない」ということには触れておらず、ただ「どんな俳句を作っていますか。私は哲学書しか読みませんが、少し興味があります」とあった。

半世紀近く交流はなかったが、今思うと高野との縁は続くといいなあという思いはあったのだ。この返信で高野との断絶は免れると、ほっとした。

私は今までの俳句の中から、多少評価されたものを十句「ご感想をください」と書き送った。「ぼくは俳句をやっていませんので、批評はできませんが、また読ませてください」と、俳句の感想がなかったので、少しがっかりした。

五月に入った時、長男は郵便受けから手紙を取り出し、差出人の名前を見ながら、「高野喜久雄って、『水のいのち』の合唱曲の歌詞を書いている高野喜久雄？」と訊いてきた。私は音楽にも疎いので、首を傾げた。

数日後、高野から二枚のチケットが送られてきた。

そのチケットは、二〇〇〇年五月二十一日東京文化会館の大ホールで、高田三郎の門下生たちによる八つの合唱団、【高田作品の名手たちによる　ひたすらないのち】の大コンサートが開かれるというチケットだった。

「ワイフの都合で行かれませんので、よかったら代わりに聴いてください」とあった。

全指定席で、会場を埋め尽くした熱気に圧倒された。

その聴衆に混じって、私は生まれて初めて『水のいのち』の合唱を聴いた。プログラムには高野の詩「私の願い」「内なる遠さ」なども歌われて言葉の美しさに感動したが、最後の『水のいのち』、高田江里のピアノで、グリーン・ウッド・ハーモニー、女声合唱団「四季」、盛岡コメット混声合唱団、東海メールクワィアー、リヒトクライス「光の輪」、嚶鳴女声合唱団、豊中混声合唱団、大久保混声合唱団の六〇〇人による大合唱が始まった時、私の総身はザワーッと鳥肌が立った。水の輪廻を魂と重ねて、人間の弱い心を励まし、高くありたいという願いを、五曲三十分近い演奏で歌い上げたのだった。

タクトが止まった。暫くの静寂。それから万雷の拍手とスタンディング・オベーション。全身粟立ち、涙が出た。初めての体験だ。この感動する歌詞が半世紀も前に、あの高田で書かれていたとは！

私は家に帰ると、その感動を一気にエッセイにした。それを、高田で発行している『文芸たかだ』へ送った。

高田には、第三回芥川賞受賞作家の小田嶽夫、詩人の堀口大学、写真家の濱谷浩等が戦時中に疎開をしてきて、高田の文化人たちと、私の家の菩提寺、善導寺に夜な夜な集まって文化交流していたという。敗戦の翌年「文芸冊子」が出た。それが後に、高田文化協会で隔月に発行する『文芸たかだ』となって今日までも続き、今年二〇二三年一月号で三八三号となる、歴史ある地方文芸誌だ。その雑誌には小説の「井東汎賞」と、折々の活動からの「同人賞」の二賞がある。私はその二つの賞を受けているので、書きたいことがあると、書かせてもらっていた。

そのエッセイが掲載されると、私は高野に三冊送った。高野は大変喜び、一冊、高田三郎先生に送ったという。「『昨日軽井沢から帰って、拝見しました。大変よく書かれていますね。文化庁からも支援を受けているので、文化庁へも佐藤さんから送ってもらうように頼んでください。これから仙台へ出かけるところです。暫くお会いしていないので、是非近々お会いしましょう。その時は、佐藤さんと三人で』と、電話で高田先生がおっしゃっていましたので、よろしくお願いします。それからコーロ・ソフィアの鈴木茂明さんの所へも送ってください」と高野から手紙が来た。

「そのうち、お会いしましょう」と、以前の手紙にあったが、私は「高校の頃憧れていて」などと書いた手前、会うのは恥ずかしく、気がすすまなかった。また電話もためらわれて、半世紀もの間、高野の声は聞いていない。しかし、高田先生と会うことになれば、自然な気持ちで会えるのかな、と思った。

ただ私は音楽については何もわからないし、高田先生の偉さも見当がつかない。けれど、お会いして高野と高田先生の談話と映像を残すのに、カメラを新しく用意した。

高田先生の伝記のようなものを図書館から借りてこようかと思っていると、高野から高田先生の『來し方』と『くいなは飛ばずに』の、二冊の著書が送られてきた。

ところが、それを読み始めて二か月も経たないのに、新聞は高田先生の逝去を報じたのだった。

高野は大変残念がって、〔果たされなかった約束〕と、リヒトクライス（コーロソフィア）の高田三郎追悼演奏会のプログラムに、そのことを書いていた。この合唱団は、毎年二月に高田三郎作品を歌う演奏会が開かれていて、『文芸たかだ』を送って以来、招待状をいただいていた。

しかしその招待席には、高野の姿はいつもなかった。

詩人の俳句鑑賞

そんなある日、長男が「高野さんの『詩と音楽の出会い』っていうホームページにお母さんの俳句の鑑賞があったよ」と、プリントをしてきてくれた。

「ぼくは、俳句はわかりませんから」と、感想を断っておられたのに。「え？　本当」と受け取ると、三十五句鑑賞されていた。十句くらいずつ五、六回送ったはずなので、高野が鑑賞に値すると思ったのは、これらの句なのだ。その中からこのエッセイで触れた句を入れて、六句挙げてみる。

＊

〈天に月地に虫母の旅たちぬ〉

この句を読んだ時、高浜虚子の〈海に入りて生まれかはらう朧月〉をなぜか思い出した。空には、すでに朧月としか呼べない月、壊れかけた自分がいる。海だけがやさしくそれを受け容れてくれている。小さな波、大きな波に繰り返し揉まれながら、再び新しい月に生まれ変わりたいという虚子の、切ない願いが過不足なく伝わってくる佳句だ。

だが光子のこの句には、虚子のような余計な説明は一つもない。ただ天には月、地には虫だけが在ったことを告げる。しかもそれらは何のメタフォアーでさえもない。にも拘らず、おそらく泣く力さえ失った時に、確かに見えてきたもの、聞こえてきたものは、これ以外ではあり得なかったことをわれわれは受け入れる。母の遠い旅立ちこそが、改めて目に月を、耳に虫を返した、つまりは天と地とを返した。なんと大きな天と地への思いがけない回帰だろう。というよりも、むしろ生きて在ることの激しい慟哭のようにさえ思える。

〈海にもっと近づきたくて雪を踏む〉

ごうごうと猛り狂う海鳴りが聞こえてくるばかりではない。あやしく心さわぎ、ひたすらそこへと自分を向かわせる、何か喘ぎにも似た不思議な音が、絶え間なく耳鳴りのように聞こえてくる。安直に、何がそこへと向かわせるかを問わない。海という文字が母を抱いているからだなどとは言わない。ただ避けがたく近づこうとするそこが、何より激しい冬の海であったという、この事実だけを素直に受け入れたくなる句である。しかも、読む者は、ここに秘められている内奥のドラマから逃れることができない。

どんな言葉も掬いえないはずの何かが、ここでは「雪を踏む」行為として鮮やかにその「なぜ」を引き継いでいる。しかも「海は何だろう」、考えすぎるくらい考えていいのだ、と言う覚悟と共に、多分僕はこの句の前に立つ者の一人だ。もしかして、海は何よりも自分であったのではないのか。

〈空蝉は海を背にして句碑を噛む〉

ここではもう、どんな句が刻まれていたか、誰の句碑であったかを知らなくてよい。泣き喚く海、身を捩る海、押し黙る海、囁く海、眠る海、様々な海の音を聴きながらここに立て、の願いを込めて建てられたこの句碑が眩しい。訪ねやまぬ人々の熱い眼差しが眩しい。

しかしもちろん、何より眩しかったのは、その透徹の眼こそ見逃さなかった、句碑を噛む空蝉である。ここではもう誰もが、言葉を失って凝然と立ちすくむ。

七年を土の中、わずかに七日のいのちを鳴きしきる蝉の切なさが聞こえてくるからだ。新しく生まれ出るために必死に昇りつめた石の幹、脱ぎ終えるまでの苦しい時間を、句碑もやさしく受け止めたであろう。もちろん作者は、しがみつくなどという尋常なものでなく、「句碑を噛む」としか言えない凄まじいオブジェ、そのドラマを見たのだ。

〈もの足りなくて買ひ足せる吾亦紅〉

一見、さりげなく書かれているかに見えるこの句が、なぜかいつまでも僕の心を捉えて放さない。何となくもの足りないのだ、買い足したのだ、しかもその花が吾亦紅だったのだ。これはもうポエジー以外のなにものでもないだろう。ゆくりなく虚子の「ほむらとも我心とも牡丹の芽」を思い出したが、光子が買い足したものもまた、紛れもなくこの「ほむら」だったに違いない。でもそれをあくまでも「吾亦紅」と素直に書けたこと、それ以上のことは潔く捨て去れたこと、この爽やかさは何よりその資質のせいであろうか。

いのちはたぶん永遠の「足りなさ」であり、埋めようのない底なしの欠如のはずだった。それでも人は繰り返し花屋の前で立ち止まる。そしていつも吾亦紅を買い足すのだ。買い足すたびに、人は少しずつこのいのちの意味を理解するだろう。それにしても吾亦紅、何んとかなしく美しい花の名前か。

〈こんなところにががんぼの脚がある〉

読者を突き放すように、この句もまた潔く余計なものを切り捨てている。ががんぼを知らない者には、むろん何も伝わらないだろう。「ががんぼは蚊に似るがはるかに大きく、血を吸わない。脚は長くカトンボともいう」、あれのことだと知れば、なるほどと思う。決して攻撃的でない弱々しいががんぼ。すぐ脚がもげてしまうかわいそうながががんぼ。しばしば脚をそこに置いたまま逃げていったがんぼ。子供の頃そんな切ないがんぼに出会わなかった人は、多分いなかったはずである。「こんなところに」と光子は率直にその驚きの声を上げ、そして殆ど絶句する。あるべき場所でないところに脚だけがある。あってはならないところに、あるほかはなかった脚を凝視しながら、もしかして作者はわれわれの時代についても考えていたに違いない。脚を忘れるほどの願いと悲惨、あるいはその恍惚を。

〈さまざまなものを沈めて水澄めり〉

この句はとても優しくて、私をいちばん励ましてくれるものだ。こんなに素直に、しかも正確に水を見つめた句に出会うのは幸せなことだ。森を縫って流れる小川であろうか。葉や枝や木の実も沈め、蛙やトカゲや小鳥の死骸も沈め、また人間どもの投げ捨てたごみ、あらゆる物を黙って受け止め、なお絶え間なく流れ止まないせせらぎであろう。底に沈めたものの異形さにもかかわらず、いやむしろその故にと言うべきか、水はますます澄んでゆく。それはまるで祈りのようだ、切なく悲しい儀式のようだ。

そして誰もが気づくのである。そうだ、自分もまた恐らくはこのひたむきな水ではないかと。ありとある塵あくた、異形なごみを流し去るほどの力はないが、もっともっと清らかに、澄もうと願うことならできるはずだと。

〔ここに挙げた六句の鑑賞は二〇〇六年発行、佐藤光子エッセイ集『水澄めり』（新風舎）より転載〕

いかにも、「人間存在の意味」を問う哲学者・詩人らしい鑑賞で、私の詠んだ時の気持ちをはるかに超えている。俳句は短いだけに、鑑賞する人によって、こんなに深く読まれるのかと驚いた。百句ほど鑑賞していただけたら、一冊に纏めたいと思った。

高野は書くことにはとてもマメで、何かを問うと日を置かずに返信が来る。いろいろな考えが書かれているので貴重に思えて、封筒にナンバーを付けて保存し始めた。

頻繁な交信でも、夫や子供たちに読まれても、全く問題のない内容なので、「読んでみない？」とテーブルに置いている。

「貴女にも、残り時間は少ないのだから、ぼくに手紙を書く時間を、創作に充ててください」とたびたび書いてあるが、高野の手紙には返事を待つ雰囲気があり、高野に宛てて自分の考えが書き残される気がして、書くことはむしろ大事な時間と思われるのだった。

高野をモデルにしたと言われ、「お赦しください」と手紙に書いたのに対して、「赦す」「赦さない」とかはその後触れていないが、この手紙の交信と、私の俳句のホームページ掲載で、赦されていると思ったのだった。

パソコンに挑む

私は高野のホームページを読みたいと、パソコンを習った。それまでは高野とは手紙の交流だった。メールが使えるようになると、些細なことを頻繁にメールに書くようになり、以前のように、相手にしっかりと届くように時間をかけて考えながら書く手紙での交信と違ってしまった。これは高野に対してばかりでなく、誰に対しても同じで、パソコンを使うのは便利だが、内容が軽くなってしまったと後悔もされた。

高野の手紙は二年ほどの間に百通を超えていたのに、以降途絶えたままで、惜しい気持ちだ。この手紙は、いずれ佐渡の資料館へ送るつもりでいる。

ともあれそんな思いで習慣的に朝パソコンを開いていたが、三月のある朝開くと、「ワイフがいけなくなりました。これから迎えに行きます。メールに返信できませんが、気になさらないでください」と、高野のメールが届いていて、びっくりした。

それから数日後、奥様が亡くなられ、家族葬を行ったことがメールで知らされた。涙が出た。しきりに流れる涙は何なのだろう。たった一度、高田の詩の会で見かけただけなのに、どうして涙が出るのかわからない。不思議だった。

そののち、高野は看病疲れと貧血で入院加療を勧められているが、「入院は嫌だ。医者に処方してもらった薬を飲んで、家で静かに休んでいるほうが良い」と、あった。

家で独りだと栄養のこともある。私も入院を勧めたが、お医者さんへは通うつもりだとメールにあった。

横浜など近くに身内がおられると手紙には書かれていたが、独り住まいということなので、私の家で食べている物を、例えば、フライならただ油で揚げればいいようにパン粉をまぶした状態、生野菜のレタスやほうれん草のお浸しなども水分が漏れないようにして、とにかく取り分けられるものを冷蔵の宅配便で送った。なるべく造血になるように、栄養の付きそうなものを家の食卓に考えて一人分増やせばいいので、気分的にも負担ではない。

家族は私のお節介には慣れているので、「頻繁だと長続きしないから、適度にしていろよ」と言う。

どうしてそんなに高野のことが気になるのか、自分でも不思議だった。

少しずつ元気になられた高野も恐縮して、「あなたは、どうしてこんなに優しくできるのですか。ぼくは、今まで頭の良い立派な仕事のできることが一番という価値観を持っていました。しかし、人は優しい気持ちが一番尊いことだと、今になって身にしみています。この御恩は、決して忘れません。僕はあなたに必ず寄り添っていますから」。と書かれてきた。宅配便で日常のものを送ることに、高野がこのように言うのはオーバーだなあと、苦笑した。

楡の木と少女

もう倒れそうな楡の木だった　そよ風にさえ軋む幹
少女は　せっせと水を運んだ　楡の木の根元まで
幹の中はがらんどう　枝先も枯れかけていた

少女は　せつなく水を運んだ　次の日も次の日も
太い根はうめき　細い根はひからびていた
少女は　せっせと水を運んだ　泣きながら泣きながら
誰が楡の木であったのか　誰が少女であったのか
遠い雲　小鳥たちさえ　そう問いかけている

根は少しずつよみがえり　枝に新しい葉がそよぐ
誰が楡の木であったのか　誰が少女であったのか
答えられない楡の木と　答えてならぬ少女です
誰が楡の木であったのか　誰が少女であったのか

「誰か作曲してくれるといいな、と思っていますが——少し長いかもしれませんね」

元気になった高野から、そのような言葉を添えて詩が贈られてきた。

再会

高野との再会は、奥様が逝去された翌年の五月だった。イタリアの詩壇からの招聘を受けて、七月には行こうと決意されるほどに快復されていた。

池袋の東京芸術劇場の大ホールで東京六大学合唱連盟定期演奏会がある。混声合唱ではなく、男声合唱だ。「水のいのち」が男声で合同演奏されるのは滅多にないという。「それを久しぶりに聴きたいのですが、一緒にどうですか」と、招待状が送られてきた。

会場で再会した途端、「あの、おさげ髪の少女が――」と絶句された。六十半ばの私はなんと答えたらいいか、私も絶句した。

高野は七十過ぎているはずだ。白髪になってはいたが、昔のまま背筋がピンとしていた。

間もなく各大学の男声合唱が始まり、学生たちのビンビンする声に引き込まれた。

コンサートの後、会場の二階の喫茶室でお茶を飲みながら話をした。

「ワイフをホスピスへ送った頃は、もしかしたらぼくのほうが先に死ぬのではないかという状態だった。病院で死ぬより、家族四人が暮らした鎌倉の家で死にたいと思っていた。いつ死んでもいいように、年金手帳以外の預金通帳など全部息子に預けて、心の準備をしていたくらいです。でも、あなたに助けてもらった。宅配便の荷を解く時、いつも泣いていました。あなたからのメールを読み返しては、どんなに励まされていたかしれない。今ある命はあなたにいただいたものです。ぼくには、あなたとのこんな稀有な出会いは、神様がくださったものとしか思えないのです」

思えば、簡単に「お会いしましょう」と返事を出していたらこのような交流はなかっただろう。不思議な縁だ。

私は初めて『水のいのち』を聴いた時、高みへ高みへと目指す、感動する歌詞がどうして生まれるのだろうと思った。

それを会うことができた時に訊こうと思っていたので、力強い男声合唱を聴いた興奮の中で、「どうしてこんな素晴らしい詩が書けるのですか」と訊いた。

すると、しばらく目を閉じていたが、目をあけると「ぼくに欠けているもの、自分で欲しているものだからです」と、厳かに答えた。

（なるほど、そうか！）と、納得できた。

私は、時折手紙の中に垣間見る高野の傲慢さが嫌だなと思っていた。高野自身もそんな自分に気が付いていて悩んでいたのか、と。

高野は「荒地」後期の、知る人には知られているものの、日本では無冠の詩人だ。

「＊＊賞の候補に挙がっているので、審査用に詩集を送ってほしい」と要請があっても、「賞とは、審査する人が読んで共感したからこそ与えるもの。賞をあげるからと言われて詩集を差し出すなんて、ぼくにはできなかった」と高野の手紙に書いてあった。誇り高く、自分から詩集を差し出すことは審査員に媚びる恥ずかしいことと、その要請を無視し通したのだ。

「ぼくの詩を本当に理解できるのは、おそらく鮎川信夫と高田三郎しかいないだろう」と、手紙に書いていた時など、その気位の高さが詩壇で嫌われていたのではないかと密かに思っていた。若い頃から、「国境を超えて百年経っても読まれる普遍の詩」を目指して詩作していたというが。

ところが、一九九五年にイタリア語で訳された詩が、文芸評論家パオロ・ラガッツイに取り上げられ絶賛されると、イタリアで評判になり、イタリア詩壇からラブコールが起こった。まさに、高野の目指していた「国境を超えても読まれる詩」となって歩き出した。イタリアの詩の祭りに招かれてのスピーチ、ローマ大学の学生たちとの交流、高野の名前を冠した詩の朗読のイベントなどに何度も招聘を受け、イタリアを訪問していた。他の国からも関心が寄せられ英訳などされたという。イタリアで紹介されて十年目に、複数の大きな賞が授けられたそうで、「晩年に訪れた恩寵のような十年」と、目の前の高野は幸せそうだった。

そのイタリアとの交流の前の、詩作から離れていた三十年間を、高野は『蛹の時間』に譬えていた。

その時間の中で、『人間存在の意味、人間の在り方』の普遍性をもつ高野の詩に目を留めておられた高田三郎先生から依頼を受けて、難解な詩の言葉をわかりやすく歌いやすい詩に直したりしていた。他に仏像を彫ったり、日本春蘭などに凝ったりしていたそうである。

それと同時に、もともとは数学者だった高野は、時代に先駆けてコンピューターにも熱中していたとか。十九世紀までに殆ど発見され尽くしたと思われていた円周率πの公式探しに挑み、ついに一九八二年に新しい公式を発見したと。二〇〇二年、東大の金田教授によって円周率最長桁計算記録が更新され、それには高野が発見した公式が使われたことを新聞などで報じられたという。

その頃いただいた手紙には、「ぼくは一〇〇年や二〇〇年で消え去るようなものは本物ではない、と今でも思っています。高々一〇〇年の伝統しかない日本の詩に、まだ本物なんか生まれていないというのがぼくの正直な見解です。ぼくの詩が、イタリアで少し読まれるチャンスをいただけたのは、それなりに嬉しいことですが、五〇〇年以上は読まれ続けなければ、やはり本物として世界に認知されたことにはならないと思っています。とても生きていられないから、気楽ですが。

それに引き比べて、円周率（π）の公式は、この世が続く限り、その正しは受け継がれます。その意味では、一九八二年に発見した高野喜久雄公式は、永遠の物差しで測れば、ぼくの詩を既に遥かに乗り越えている、ともいえるのです」と。

私は、その公式発見に取り組んでおられたことを、以前高野からも聞いていたので、〈高野喜久雄──真なるものを求めて〉というタイトルでエッセイを書いた。『文芸たかだ』へ送る前に、高野に読んでもらおうと送ったところ、「ぼくを大きく見せて書いているので恥ずかしい」と言われ、没にしたことがある。そのように、自分を宣伝するような内容のものを書かれることを嫌っていた。

だから、高野が私の俳句を鑑賞したものを本として残したいと言えば、きっと反対されるだろうと思いながらも、恐る恐る訊いてみた。「これだけの分量では、一冊にならないでしょう。あなたのエッセイと一緒にするといいですね」と、言われてびっくりした。

そこで、二〇〇〇年五月、東京文化会館大ホールで〈高田作品の名手たちによる　ひたすらないのち〉コンサートで、合唱団六〇〇人での『水のいのち』の大合唱を聴いた時の鳥肌立った感動。その数年後、東京六大学合唱連盟の定期コンサートで、六大学合同の力強い男声合唱を聴いた時の感動を書こうと、話してみた。

「『水のいのち』については、多くの人が書いています。エッセイはその人にしか書けない題材で書くものです。そこにぼくの手紙の内容など、何を書いてもかまいませんよ。少しも迷惑なことありません」と言われた。全く予期しない快諾だった。

『水澄めり』というタイトルや、当時所属していた俳句の結社『麓』の齋藤美規主宰にいただいた題簽の文字も、いくつかの中から高野が選んだ。

その力の入れ方は今までの高野とは思えず、その変わりようを私は密かに訝っていた。

不思議な永訣《わかれ》

二〇〇六年に入って、「書庫の整理をしていて、腰を痛めました。四月七日に藤沢の病院で精密検査を受けます」とメールにあった。

一人では心細いであろうと当日行ってみると、ご子息が一緒だった。小学校は、高田の南本町小学校に通っていたのかもしれないが、今は東大の教授で博士号もお持ちだと聞いていた。検査の結果は後日ということで、三人で食事をした。刺身定食を注文されておいしそうに召し上がり、腰痛以外はお元気な様子にひとまず安心した。前日から泊まっていたという法華クラブの前で二人と別れ、曲がり角で振り返ると、手を振られた。それが、高野との最期だった。

四月三十日の夜八時頃のメールには、「藤沢の病院には、来月二十八日の火曜日に予約しました」とあった。

ご子息が忙しいなら「ご一緒しましょうか」と、夜メールを打ちながらふとカレンダーを見ると、二十八日は日曜日だった。「日にち、間違いではありませんか」と、書いて送信した。そういう問い合わせにはすぐに返信が来ていたのに、少し変だなと思った。

翌朝、パソコンを覗いても返信がない。今まで緊急の用事はなかったし、電話口まで出ていただくことも失礼な気もして、電話をかけることはなかった。まだひと月も先のことなのだから急いで確かめることもない、と思いながらも気になり、午後まで待って電話をしてみた。受話器がすぐ取り上げられた。

さあっと悪い予感が走った。出られたのは、つい先日高野に紹介されたご子息だった。

「父は今朝、食道静脈瘤破裂で亡くなりました。今、葬儀の打ち合わせをしているところです。ここに電話をいただいたのも、何かのご縁でしょう。詳細が決まりましたら、お知らせ致しますので、そちらの電話番号を」と、言われた。

いずれは、こういう日が来るのではと思ってはいた。ご子息に会っていたり、快く出版を勧められたりしたことなどを考えると、人は死期が迫ると、自分の死が見えるのだろうか。

そういえば、高野は五月一日から、鎌倉市の介護支援のケアマネージャーからの世話を受けることになったと、メールに書いていていた。

そういう関係の人が朝来て、戸が開かない場合は——というような打ち合わせもあったらしい。家に入って、廊下に倒れている高野を見つけて、すぐに各方面に連絡をしたのだ。まだ、高野には温みが残っていたという。

夕べメールを打った後で気分が悪くなったのだろうか。

高野は長男で、何人か身内の方を看送ってこられたせいか「ぼくはどんな逝き方をするんだろう。ポンと押したらパッと死ねる、そんな釦があったらいいのになあ」と、手紙に書かれていたことがあった。

典礼聖歌もたくさん書いた高野を、敬虔なキリスト教信者と思い込んでいる人が多いかもしれないが、出身は佐渡きっての旧家だと聞いていた。お墓を逗子の名刹に移されてご先祖を大切にされていた。

少なくとも、昨夜八時まではメールを打たれていたのだから、考え方によっては高野の望む逝き方をされたのではないだろうか。

それにしても、私は高野の訃報に接しても「ああ」と、一瞬頭の中が真っ白になったが、不思議と涙は出なかった。

高野の奥様が亡くなられた時に、あんなに涙が出て涙が出て、自分でも何の涙かわからない涙が出たではないか。なぜだろう。

いずれ音楽葬も行われることとて、ほんの身内だけの通夜、葬儀をすると、子息から電話があった。身内の他には、高野の高田時代からの親友という方と私だけの参列だった。ゴールデンウィークで、その日は京都の一家が来ていたが、「お通夜と葬儀で連日行くのだから、近くで泊まったほうがいいよ。ここは、皆で美味しいもの作って食べているから」と言う。もしかしたらそうなるかもしれないと思って家を出たが、鎌倉、逗子には観光客がいっぱいで泊まれそうもない。友人の方は横浜なので、一緒に電車に乗って帰った。

翌日、火葬場で高野のお骨を拾った。背は高かったが華奢な感じだったので、花弁のようなお骨が多い。私はそれを挟みながら、十年ほど前の母の葬式のことを思い返していた。

私は子供として一番大事な役割をあのように無事に済ませていることで、悲しみより安堵感があった。なんだか今の自分の気持ちは、その時に似ているな、と思えた。悲しみや寂しさはその後あるとしても、その時はほっとしているような。

高野の場合、腰を痛めてはいるが、貧血も落ち着いていて、内臓の病気で長年苦しむことはなく過ごしてこられた。鎌倉での一人きりの生活はどんなに寂しかったろう。これで奥様の待つ黄泉へ旅立たれたのだ。もう寂しい思いをしないで済むのだ。

かつて、奥様が亡くなられ、「これから、ワイフを迎えに行きます」のメールを読んだ時の涙は、高野が奥様を亡くされた心境が思いやられての涙で、奥様の死を悲しんだわけではない。高野がその寂しさと向き合うことを思いやって、可哀想で流れた涙だったと。

こういう思いは、私が若い頃高野に抱いた憧れの気持ちとは別で、肉親に対する気持ちに似ている、と思った。

高野に、私の実家が川の氾濫のために上の土地に家を建て替えたことを話した。その時、高野の佐渡の家が、やはり大水になると周囲は水に囲まれ、国仲で「島」と名付けられていると話をした。

「なんだか、お互いに似た環境だね。もしかしたら前世で兄妹だったのかもしれないな」と、冗談のように言われたことなど思い出されて、私もそうだったのではないかと、お骨を拾いながら思った。

奥様が入院されて、高野はどんな食事をされているか想像できなかったが、私の家で食べている煮物や揚げ物、焼き物は宅配便なら翌日届く。わざわざ高野のために作るのではなく、一人分取り分けるだけだ。一週間に一回か二回、そのような物を、「今ある命は、あなたにいただいたもの。あなたの親切は一生忘れない」と言われて、先立たれた。

几帳面な高野が、藤沢の病院の予約の日を間違えて知らせてきたこと。私が電話をした時にご子息が出られたこと。その二十三日前にご子息と偶然病院で対面していなければ、電話に出られても、「身内だけで」とお通夜やお葬式に招かれることはなかったかもしれない。お骨を拾うことなど考えられない。その三か月前に、なんでも書いていいと言われ『水澄めり』の初校、「後書き」にも目を通してもらっていたこと。ただ、出版される前の逝去だったので、「後書き」は急遽追悼文に書き替えることに間に合ったこと。本来恥ずかしがり屋の高野は、この本が出版される寸前に亡くなられ、いかにシャイな高野であったかの証にもなった。

高野の訃報は、五月八日の新聞で一斉に報じられた。読売新聞、産経新聞には写真入りで、朝日新聞は二十四行、毎日新聞は二十二行、東京新聞は二十六行で、詩人として地味な高野なのに、これほど世間から評価されていたのかと嬉しかった。

もし、私が五月一日のあの時間に電話しなかったら、この訃報記事で高野の死を知ったのかもしれない。そう思うと、またしても不思議な別れをかみしめるのだった。

私は最期の間違いメールを思い出すたび、（高野は私に何か言い残したかったのではないか。それは何か）と考えていた。

蓮の花コンサート

高野は佐渡の出身だが、「ぼくの、意味を捨てる詩から意味を取り戻す詩への激しい変転の時期を、高田の優しい自然の中で過ごせたことは、ぼくにとって何ものにもかえがたい思い出だ。また、そこで出会った人々を思うと、何と素晴らしい［私の高田］なのかとしみじみ思い返される」と手紙にあり、「高田の十四年間は一番詩を書いた時期であり、高田はぼくにとって故郷のような所」と書いていた。

高田の優しい、豊かな自然の中で書いた詩が、人間存在の意味を問い、その意味に真摯に向き合いながら書かれた作品であること、普遍なることを願って書かれていた詩であることを、亡くなってから改めて思われた。

高田にいくつも合唱団があり、『水のいのち』も歌われているという。しかし、その歌詞は高田に住んでいた高野の詩であることは、殆ど知られていないようだ。

『この地上に』という合唱組曲の中に『蓮の花』という曲があるが、高田の蓮の花のイメージから書いた詩だと高野は言っていた。この詩は、イタリア版の詩集にも載っていて、イタリアの読者にも好評だったと聞いている。その蓮の花に因んで、【蓮の花コンサート】と名付け、高野の数々の合唱曲が歌われ、「高田は高野喜久雄の詩の故郷」と、位置付けることができたなら、高野に励まされてきた私のご恩返しになるのではないか、と思い至った。

混声合唱団「コーロ・ソフィア」を指揮する鈴木茂明氏は、作曲家高田三郎氏の高弟である。他にも筑波大など、五つもの合唱団「光の環」を擁して、活躍されている。

鈴木氏の合唱団は、高田三郎作曲の典礼聖歌や高野の作品を主に毎年二月にコンサートを開いている。「このフレーズのこの言葉は、高野さんはこんな気持ちで書かれたのだよ」と、高田先生から高野の難解な言葉の説明を受けている。そして、その気持ちに添って歌うように指導をされて歌っているのだという。

ここ二年はコロナ禍のために休演しているが、私は二〇〇〇年以来コーロ・ソフィアから招待を受けている。二〇二四年二月三日には、『水のいのち』が歌われてから六十年目にあたるので、いつもの東京オペラシティコンサートホールで演奏会を開く予定と聞いている。友人を誘って是非聴きに行きたい。

鈴木茂明氏の夫人春日いづみさんは、二〇二三年には創刊百十年になる古い短歌の結社、

『水甕』の代表春日真木子女史の娘さんだ。

　当時も忙しい中、私のコンサートへの企画に賛同され、いろいろ知恵を貸していただいた。その中で、高田で『水のいのち』を歌いたい人を募っておき、鈴木先生が何回か高田へ行って歌唱指導をする。その下地ができたら、コーロ・ソフィアと合流して練習してはどうか、という案が生まれた。

　高野急逝の半年後のことである。

　その計画を高田在住の同級生に話すと、「高田は閉鎖的なところがあるから、新しいことをする時は、よほどでないと人は動いてくれない。特に他からきて指導してもらうなんて言うと、地元の音楽関係者はそれぞれ見識があるから、協力してくれるかどうか――」と言った。

　他の人にも訊いてみたが、「この辺は有名な流行歌手を呼んでもチケットが売れなくて、商店のおまけにつけて捌いているくらいだからねえ。そんな地味な合唱のコンサートを開いても、聴きにくる人なんていないよ。大赤字に泣くよ」

「合唱団はいくつもあって活動しているから、その枠を払って一緒に歌おうなんて言っても、断られるに決まっているわね」と、誰も相手にしてくれなかった。

それでも諦めがつかず、合唱関係の「お頭」と言われている人に、本来なら直接訪ねて行って話をすべきかと思ったが、感触を知りたくてメールアドレスを教えてもらい、お伺いを立てた。

やっぱり、「こちらの合唱事情も知らないよそ者の素人が、何を言うのか」と、剣もほろろの返信だった。

途方に暮れ、日ごろ作品を載せてもらっている『文芸たかだ』の吉越編集長に相談した。顔の広さを見込んでのことだ。

「上越教育大の大学院教授の後藤丹さんに頼んでみたらどうだろう」と言う。後藤教授は、私と同じ文化協会の会員だし、新潟県一の音楽家だと聞いたことがある。そこへすぐに結びつける編集長は、さすがだ。

さっそく高田へ行き、アポを取っておいてくれた編集長と教授を訪ねた。

編集長が概ね話をしておいてくれたので、

「合唱団の枠を払い、歌いたい人を募って【上越『水のいのち』を歌う会】を結成し、高田三郎先生の門下生の人の指揮で一緒に歌うとは、とてもいい企画だ。是非成功させましょう」と、即答していただけた。

合唱する人なら、『水のいのち』は日本を代表する合唱組曲として知っていても、小さな合唱団では人数が足りない。

歌ったことがある人たちは、「聴くよりも、歌うほうがずっと感動する曲」「大勢で歌えば大勢で歌うほど、感動が大きい曲」と口を揃えて言う。

後藤教授のお声掛かりなら、反対する合唱団はいるまい。否、歌えるチャンスと喜ぶ人たちが集まってくれるだろう。

そして、高田文化協会に『蓮の花コンサート　高田で書かれた高野喜久雄の詩と、音楽の出会い』のプロジェクトが生まれた。

その会長は高田文化協会の藤林陽三会長、実行委員長後藤丹、副実行委員長は佐藤光子・高田の合唱団の女声コーラス〔ぶらんこ〕の指揮者高橋利恵で発足した。

後藤先生に、高野からいただいた「楡の木と少女」の詩の作曲をお願いすると、快く引き受けてくださり、〔ぶらんこ〕が当日お披露目することになった。

あの詩に曲がついて歌われるということも、私にはさらに感慨深いコンサートになる。

コーロ・ソフィアの合唱団の都合も併せ考えて、翌年の高田の「蓮の花祭り」の期間中、二〇〇八年八月三日に開催と決まった。

一年半を切る日数だ。

それが決まると、「新潟日報」の取材を受けたり、「上越タイムス」から寄稿を頼まれ三回連載したりして、にわかに現実味を帯び、気持ちが引き締まった。

我ながら、どうしてこんなに高野のことに動こうとしているのかわからなかった。

「よほどわんちゃんは、高野先生が好きだったんだね」と、地元の友達は言っていたが、「好き」という感情ではなく、それ以上の――家族のように感じていたのか、自分でも説明できない気持ちに突き動かされていた。

売れたチケットで少しは戻るかもしれないが、無から始めるにはそれ相当の準備金が必要だ。もちろん家族以外の誰にも打診はしなかったが、歌うことや進行には協力するという空気だ。私が言い出したのだから、とりあえずは使い道を迫られていない退職金がある。それに費やす時間のこともあるが、少しも惜しいと思わない。家族も私がしようとしていることに、何の不思議も感じないみたいに、私のやることに協力してくれた。

高野の在高時代の「高野の詩の会」に入っていて、その会の流れを継いで、今は「上越詩を読む会」という名になったグループがある。そこの会長の新保啓氏は、「高野先生の詩の会にいた頃、少しの間、女子高校生がいたような気がする」と私のことを思い出してくれた。その方も私と同じ文化協会の会員で『文芸たかだ』に詩を発表している。これまでに潟町の町長だった経歴もあることから、「上越市に、このコンサートへの助成金の申請をしてみよう」と手続きをされ、受けることができた。私は少し助けられた。

歌いたい人を募ると、後藤先生の教え子、東京で合唱団に入っている私の中学時代の友人、俳句の仲間、そして伸子も京都から何回か高田まで行って練習に参加してくれた。前の方でも書いたが伸子は京都市民合唱団、大阪市合唱団にも入っていて、もう何度も『水のいのち』を歌っている。ミッション系の中学・高校へ通っていたので、高野の讃美歌も歌っていた縁もあった。

私は音楽のことはまるでわからないので、プログラム作成に回った。ただ当日の演目に関することだけではなく、「高野喜久雄の人間像」を知ってもらうことに狙いを定めた。

高野に所縁のある人たちから寄稿してもらうことを第一にした。

私は高野の手紙の中から高野の考えや、イタリアの文芸評論家の文を引用した。

新保さんからは、高野の代表的な詩「独楽」などの生原稿などを拝借した。ノーベル賞に数学部門があったら高野は間違いなく受けるであろうと言われている、高野公式の円周率の新聞記事や、詩作から遠ざかっていた、いわゆる「蛹の時間」に彫った仏像など、多角的に高野を知ってもらう工夫をした。
『新潟日報文学賞』の詩の審査員をしている八木忠栄氏は、若い頃「現代詩手帖」の編集担当になり、一九六六年の一年間高野に原稿用紙十六枚の［詩集評］を引き受けてもらったという。高野の住む鎌倉まで、全国から集まる四、五十冊の詩集を大きなバッグに詰め込んで、毎月通ったそうである。それまで面識はなかったが、様々な話をしたという。

「如何なる慈愛
如何なる孤独によっても
お前は立ちつくすことは出来ぬ（代表詩「独楽」の出だし）
高野さんには、青二才には及びもつかない深遠な世界が構築されていた。
毎月お会いしている高野さんには、妙な文学的臭気はなくていつもほっとした。詩集の山を携えてお尋ねする私を笑顔で迎えてくださった。物静かだが、はっきりとお話しされる時の、言語論や理数学的考察、率直な詩人評などは、私には実に大きな刺激になった。」
「高野さんがすました表情で放つ毒や鋭い批評には、詩の世界をもっと沸騰させたいという熱い挑発の精神が潜んでいた。詩壇にどっぷりつかることなく、付かず離れずの距離を保っていたゆえに、それが可能だった。単なるおふざけではなくて、高野さんには生存の強い求心運動が働いていたように思われる。」

と書いて、高野を真っ向から受け止めた言葉を送っていただいた。

八木氏の他にも、上越市長、教育長などそれぞれ多くの立場から、高野を書いていただいた。

そのプログラムは好評で、コンサートに来られなかった方からも、後で「残っていたら分けてください」という希望があったと聞いて嬉しかった。

暑い中、東京から日帰りで何回か練習に通ってくださった鈴木茂明先生、ピアノの池田悦子さん。普段の練習に汗だくで指揮棒をふっておられた武田光さん、ピアノを弾いてくださった熊倉洋子さん。当日は大変暑く、駐車場の整理に当たってくださった方々に、心から感謝しても、ペットボトルを差し出すくらいのお礼しかできなくて申し訳なく思った。思えば、多くの方たちが見えないところで力を貸してくださっていたのだ。お陰で、全く想定外の盛会のコンサートだった。

私の夫を始め京都の家族もみんな揃って前日から高田に行っていた。

八月四日の「上越タイムス」は、第一面全部、写真を使ってコンサートの盛会ぶりを報じて、私の言葉も載った。

私は企画しただけで、プログラム以外は全て皆さんにお願いしていたのに、私の言葉だけが紙面に載って、陰で汗を流してくれていた人たちに申し訳なく思った。

高田の文化会館は千五百席だが、ほぼ埋まり、千二百人の聴衆だったと新聞は報じた。私の知る限りでも、中学時代殆ど話さえしなかったのに、成人してから何回か同窓会で会って繋がった男子が、誘い合って東京から三人来て、高田在住の同期生と合流してくれたり、高田の姉妹に自分は行けないが、「コンサートへ行くように」とチケット代を同封し、送り先の住所を書いたものを送ってくれたりした。こういうことには男子のほうが心強いと思ったが、地元にいる女子も、「わんちゃん、頑張っているね。ほら、皆で来たからね」と、受付に並んで握手してくれた。思いがけないところでいろいろな人から応援してもらっていたことを知り、しみじみと感謝したのである。

故郷は有難きかなである。

私にとっては、このコンサートの企画、成功は生涯最大のイベントとなった。

高野は奥様をずっと家で看病されていて、その後の通院疲れで貧血もあった。ささやかなお手伝いをしたことでの感謝の気持ちとして頂いた詩があり、後藤先生の作曲で初めて歌われた。私はその厳かな調べには、高野に「今あるいのちは、貴女に頂いたもの」と言われたことは偽りではないという気がして涙ぐんで聴いた。

高野は、自分の詩が「上越詩を読む会」の人たちによって読まれたり、歌われている様子を、ちょっとはにかみながらこの会場のどこかで耳傾けてくれている気がした。

その後、待望の「コーロ・ソフィア」と「上越水のいのち」が歌う合同合唱を、しみじみとした思いで聴いた三十分だった。

人との出会いと別れの不思議を、改めて思ったことである。

第十一章

時間のプレゼント

プレゼントは楽しい。

するのも好きだし、戴くのも嬉しい。

年を取ると、お仲人さんとか、息子がお世話になっているからとか、気の張る人はいなくなり、お中元やお歳暮などは数軒だ。子供や孫のお誕生日、祝い事は別として、欠席投句をした時のお世話になった人にとか、ちょっと落ち込んでいる人、出かけて珍しいお菓子が目に留まると、「あ、ミチコさん、喜びそう」などという程度のものだが。

バレンタインデー間近で、デパートにおしゃれなチョコが並んでいるので、私も買う。かかりつけ医にまじめな顔で渡したら、四捨五入して九十のお婆さんからでは気持ち悪いかも知れないので、「いつもお世話になっておりますのに、気持ちを表す機会がないものですから。ほんの義理チョコです」と差し出す。「それはそれは義理堅いことで」と、受け取られ、笑い合う。

二年ぶりにかかった歯医者さんが「書いていますか」と、声をかけてくださる。そんな一言でも励みとなり、嬉しくなる。次の予約の日が三月三日だったので、「今日はお雛様の日。ここの女性の方たちに」と渡す。プレゼントはどんな小さなものでも、理由があるし、思いがこもる。

それは年賀状でもいえる。

年賀状は元旦に届くように心がけているが、去年の暮れに体調を崩して、日頃交流のある人には年を越してからになってしまった。

息子の家族が帰り、潮を引いたような気分の中で、戴いた賀状を丁寧に読みながら、返事を書いた。

自筆で文字に力があると、それだけで元気な様子が伝わってくる。年を取って、書くのが億劫になることはわかるが、表も裏も印刷されていて、自筆の文字のないのは興ざめだ。添え書きは、こちらも儀礼的になる。

宛先を書いていると、その地名から関連して、様々なことが思い出されたり、名前から綽名が浮かんで、懐かしい気分で添え書きを書く。

現役の頃は、一番多くて三百枚になったことがあった。必ず返事を書くので、始業式までに届くように頑張る。生徒は友達同士で見せ合ったりするので、同じようには書けない。通信簿の所見欄と同じで、その子の顔を思って具体的に書きたいので、手間取る。

その頃は、中学を卒業する前に一回、片親の生徒もいるので気を付けて、「もうすぐ『父の日』『母の日』だから、書きたいお父さん、お母さん、その他おじさんおばさんのことでもいいから、感謝を込めて書こうね」と、書かせる。

この課題は、「書いてくださる方歓迎」と、保護者にも声をかける。生徒の祖父母に当たる人なので、もう亡くなっている祖父母でも、自分の子供に伝える機会となる。両親で書きたい方がいたら書いてもらったりした。

「佐藤先生は、保護者にも作文を書かせる」と言われたが、決して強制はしない。それでも保護者には好評で、結構協力してもらって、大事にされる文集になった。

そんなふうに文集を作っていたので、保護者からの賀状も多かった。保護者と私が同じくらいの年齢の時の教え子だった頃の保護者とは、今も書道展などの趣味の発表会の案内が届き、会う機会がある。

私の所属する『岳』は、現代俳句協会での結社の中で会員が一番多いようだ。誌友も入れると千五百人ほどである。

編集長の小林貴子さんは、朝日俳壇の選者もされているので主宰と共に全国区である。新年号にはご挨拶が載る。「これをもって、会員の皆さんには新年のご挨拶といたします」と、主宰、編集長、同人会長、事務局長の名前が並んで書かれている。

しかし、こちらから賀状を出すのは礼儀と思って出す。すると、必ずその方たちから賀状が届く。賀状の返事は、宛名、署名、添え書きは必ず直筆だ。

例えば主宰は「裸木の句は、貴女の代表句になると思います」などと、ちゃんと宛名に添った一筆である。去年の貴子さんの賀状の添え書きは、「池澤夏樹の新聞小説を毎日読む時間がありません～（トホホ）」と。これはいつか福永武彦の話をしたことがあったからだ。

このような賀状は、間違いなく私に宛てて、忙しい時間の何分か、時間を割いて書かれた証の、「時間のプレゼント」といえる。

そうした隅々までの目配り気配りが、『岳』の結束になっているのだと思う。

『岳』は今年、二〇二三年五月二十日に四十五周年を長野市で迎える。四十年の式典には軽井沢のプリンスホテルに六百人も集まって盛大にお祝いをした。

今年はその翌日、千曲市の菩提寺、龍洞院境内に建立された宮坂静生主宰の第一句碑、〈はらわたの熱きを恃み鳥渡る〉が除幕される。

一同、その日を心待ちにしている。

読むのも楽しい俳句

〈恋を終わらせ平日の海月《くらげ》見る　犬山紙子〉

二〇二二年七月二十一日、人気テレビ番組「プレバト」に出た俳句である。「恋を終わらせ」には、作者の意志とこの恋の主導権が感じられる。「平日」とあるから、夕べ書いた手紙を、出勤途中ポストへ投函したのだ。どんな事情があってかは、読み手に任される。彼の態度が以前と少し違って感じられたのか。とにかく（もう終わりにしよう）と何度か思っていたのだ。

直接は言えない。メールでは真面目に受け取ってもらえず、うやむやになりそうだ。だから机に向かって書いた。自分から先に言えば、傷付き方が少なくて済むという思いもあったろう。しかし投函する時、いささかのためらいがあり、カサッと音がした途端に寂しい気持ちになった。意外だった――。

気分転換をしたい。今日は平日だ。この人は会社へ欠勤を伝えただろう。彼が同僚だとすれば、電話かメールが来るかも知れない。電源を切っておこう。時間が経てば、今の気持ちがもっと整理されるだろう。

こんな時、人はどこで時間をつぶすのかな。動物園？　いや、この暑さでは動物たちは小屋や木陰で寝そべっていそうだ。水族館がいい。建物の中は涼しいし、魚たちはすいすいと気持ちよく泳いでいるに違いない。

葛西臨海水族園へ行ってみよう。

水温の管理が行き届いているので、どの魚も気持ちよさそうに、見物人の前すれすれに回遊している。水槽が大きなアーチになっていて、下を通ると魚の群れの中にいるように錯覚する。

あ、海月の水槽だ。汚い淀みにいる海月しか見たことはなかった。ここではピカピカの水槽の中で、薄い透明な衣を靡かせてふわふわと、ただ所在なげに浮いている。何故かそれが、今の自分と重なって見えた。

さあ、新しい自分にならなければ。彼女はそんな気持ちで水族館を出たのだろう。

たった十七音の俳句から、こんな想像もできる。俳句は読むのも楽しい。

ところで犬山紙子さん。これ貴女の本名ですか。

桜色の名刺

俳壇の異才であり、アクティビストだった黒田杏子さんが令和五年三月十三日に死去された。

私は杏子さんを意識したのは三十年くらい前になるだろうか。私の実家は高田だ。地方紙『新潟日報』の俳壇に、「俳人協会系」の杏子さんは中原道夫さんと共に選者になられた頃で、地元で俳句をやっていた友人は、時々入選して、得意になっていたからだ。

私もその頃友人に勧められて、糸魚川に本拠のあった『麓』に入り、俳句を始めた。まだ現役の教師で、吟行という経験もないまま、頭で作っていた。締め切りまでに数を揃えて結社に出す。こちらは、「現代俳句協会系」だというが、その違いも知らないままだ。書くことは好きだったのに、進んでやりたいという気持ちにならなかった。

だいたい私は子供の頃、童話の本を読む環境になかったので、学校に入って子供心に、本を読んでいないという幽かな劣等感を抱いたようだ。

そんな気持ちは大人になってもあり、私は定年後、市民でなくても受け入れてくれる調布市の「たづくり」の読書会へ入った。俳句の会もいくつかあったが、それは立川の方に入っていた。

調布市には年に一度、二月に『市民樟まつり』があり、「たづくり」での絵や習字などを展示発表された。俳句の会に入っていなくても、「たづくり」に関係していれば、俳句を出してもいいという。友人は、「光子さん、出してみたら」と、提出用紙を持ってきてくれた。選者はここの先生ではなく、外部に頼む特別選者だという。

〈こんな高い毛皮を買った日もある〉

前に詠んだのだが、どこにも出してなくて記憶にある句を書いた。

後日発表を見ると、三人の特別選者の中に黒田杏子さんがいて、その杏子さんの特選に私の句が挙げられていた。それを見て友人は、「俳句って、そんなに難しいものじゃないのね。一回で暗記できちゃったわ」と言った。「そうなのよ。『言葉は易しく、思いは深く』って、ね」と美規先生の教えの言葉を言って、私の気持ちはホカホカした。

現役時代、当時流行った毛皮のコート。私も欲しくて、ボーナスをはたいて買った。それが数年後、動物愛護運動が世界的に高まるにつれて、「毛皮のコート」の社会的位置づけは急激に変わってしまった。今はクローゼットの中で行ったり来たりだ。世の先端をいく広告会社博報堂で活躍の杏子さん。そうした世の移り変わりに共感されての特選だったのだ。

そんな杏子さんに会ってみたいと思った。

数年後、書店で『手紙歳時記』を目にしてすぐに買った。大変キレの良い文章で、一気に読んだ。頭がよくて、思いやりがあって気働きがあり、誰もが好感を持つだろう。私の好きな瀬戸内寂聴と親密であることも良い。

杏子さんは私より二年下だ。私の同級生だった佐藤隆介君も博報堂だから、知っているかもしれない。何より隆介君もいつも、どこへ行くにも作務衣を着ているところが共通していた。

会ってみたいという思いが叶った。

杏子さんは、俳句をする人は枠にこだわらず、皆で仲良くやりたいという思いを抱き、率先して、共感した人達と『件《くだん》』という超結社を主宰した。勉強会でもあり、この一年で良い活動をした人を挙げて、身銭を出し合って賞を授けようと、「みなづき賞」と名づけて発足した。『岳』の宮坂静生主宰も、杏子さんとは流派は違うのにその賞に値すると決まり、二〇一八年に第十五回「みなづき賞」を受けた。その授賞祝いに『岳』の有志も参加したので、杏子さんに会えた。

杏子さんはその三年前かに脳梗塞を患われたとかで、少し痩せられて痛々しい感じはしたが、始終笑顔で応対されていた。講演が終わって一旦休憩になった時、杏子さんの周りに人が居なかったので、杏子さんに挨拶しようとすると、杏子さんもこちらを見て目が合い、何となく両方で笑顔になった。急いで近づくと、杏子さんは名刺入れから一枚抜き出して近づいた私に差し出し、「よくいらっしゃいました」と言われ、どなたかと勘違いさ

れているのでは、と一瞬戸惑った。「私の、知人の岩関順雄さんが新潟日報に投句してい
て——」と、話し始めると、そこへ『件』の関係者が杏子さんを呼びに来たので、「すみ
ません。お忙しい中——」と、私はすぐに身を引いた。
杏子さんは、「残念ね。今度、また、いつかゆっくりお話ししたいわ」と、にっこりさ
れた。
それだけの会話しか交わせなかったが、杏子さんの名刺が手に残っている。
桜色にグレーの混じった素敵な名刺だ。
『八月』の句集も、昨日買ってきた。

未知なる自分に出会いたい

令和五年三月、ルミネの本屋で夫に買おうかと、角川の『短歌』三月号を手にした。ぱ
らっと捲って手が止まった。「あ、春日真木子さん！」
グラビア頁を「傑士《けつし》の後姿《うしろで》」というタイトルの真木子女史の写真が飾っていた。女史は

今年創刊百十年を迎える短歌結社『水甕』の発行人である。数年前、娘婿の合唱指揮者でバリトン歌手でもある鈴木茂明氏のリサイタルでお会いしているが、色白でふくよかな優しい表情はそのまんまで、とても九十七歳とは思えない。

身の裡のどこかがほとり揺れてゐつ未知なる我に出会ふよろこび　　真木子

とても共感した。「未知なる我に出会ふよろこび」という美しい表現に感動する。

「歌人とは?」の問いには、「ことばの『日光浴』を担う」と答えられた。名言である。

歌人である真木子女史が歌を詠まれた時、自分はこういうことに感動できる、こんな面があったのかと気づかれて喜ばれる——。これは創作する人なら誰もが経験する「未知なる自分との出会い」だ。

まだまだ自分は捨てたものではないな、と若さをも感じる喜びだと思う。

私も八十半ばのこの年になっても真木子女史の気持ちと同じで、書いていると自分を客観的に見ることができ、どんな自分に会えるかが楽しみである。

このエッセイ集の前編は令和五年三月までのものでまとめたが、外へ出たがっている自分の何かを掘り起こすことができるかもしれない。少しでも存えて書き続けたい。

真木子女史の息女いづみさんは、今、母上から結社の代表を引き継ぎ、大きな〝水甕〟を背負って活躍されている。

二〇二二年七月の岩波ホールの閉館まで三十年間にもわたり、映画の画面から採録したシナリオをパンフレットに載せる仕事に携わった才女である。

コロナの感染拡大で客足が途絶え、閉館したホールへのオマージュの気持ちで『シネマ交響曲』を今年一月に上梓し、私に送ってくださった。

「ようやく閉館のショックから立ち直れそうです」と、添え書きがあった。

彼女とは、私が十五年前上越で高野喜久雄のコンサートを開催した時に出会った。

筑波大ほか五つの合唱団を抱える指揮者のご主人鈴木茂明氏と、何度も上越へ行ってくださった、私の大事な友人である。

後編

絹の糸・不思議なえにし

二枚の葉書

今、私の手元に二枚の古い葉書がある。

私は大学へ入って上京した時、柳行李を使った。その中に捨て難いものを入れ、《私の玉手箱》として押し入れの奥に置いていたことは前でも書いた。

私なりの当時の気分での選別なので、入っている物は、大学に入って初めてできた長野出身の友人と、島崎藤村所縁の馬籠などを旅行した時のパンフレット。面白かった映画の半券など雑多である。行李の中に重ねて入っていると、探す時なかなか見つからないし、入りきれなくなった。そこでスクラップブックに替えて、時系列に貼り付けていた。後に森洋子さんに関するエッセイを書く時、行李の方にも子供の頃の洋子さんに関する資料があるような気がして、調べていると、父からもらった二枚の葉書が入った茶封筒があるのに気がついた。

私が子供だった頃、「呉の勇さん」「東京の市川さん」と、祖父母たちが親しく呼んでいた親戚からのものである。「呉の勇さん」からは、珍しいお菓子や、リボンのついたかわいい洋服など送られてきたこともあった。

遠くに住んでいて、祖父母が亡くなり代替わりもあって、今はそうした親戚とも自然と縁が切れていた。

そんな中で、今もお中元、お歳暮が広島県呉市の渡部昭和《てるかず》・和美《はるみ》さんから連名で贈られてきている。お会いしたことのない間柄だ。

お医者さんだった渡部勇さんには四人の息子さんがおいでで、それぞれお医者さんや研究者になり、博士号をお持ちの一家と聞いていた。

この息子さんたちがまだ学生だった頃の冬には、毎年のように高田へスキーに来ていたそうだが、四、五歳の私の記憶では、一番上の泰和《やすかず》さんと、次の哲光《のりみつ》さんまでで、戦争に入ったこともあってか、三番目の昭和さん、四番目の修治《のぶはる》さんは来られたことはないと思う。

父が亡くなって四十年にもなるし、母が亡くなって三十年近い。それなのに、ご夫婦連名で、夫と私の名前宛で、節季のご挨拶が贈られてきている。

私はお礼の葉書を書き、夫と連名でお返しをする。すると、お礼状が届く。互いに型通りの文面だ。お会いしたことのない方と節季のご挨拶をしあうのは心苦しいと、そのたびにどうしたものかしらと夫と話をしていたのに、またそのままになってしまう。

　ところが四年ほど前の葉書の隅に、「九十歳まで勤めていた呉の病院を退職しました。」と、初めて私的なことが書かれていた。

　それで、母たちに聞いていた通り、昭和さんのお歳とお医者さんであることが確かめられたのである。

　その時、「遠いご縁を大事にしてくださっているのだから、お断りするのは失礼だわね」と夫と話をして、それから喜んでご厚意を受けていた。

　亡くなった人たちを思い出してエッセイを書きたいと思っているところに、こうして古い親戚からの葉書が目に留まったのは何かの縁に違いないと、当時の粗末な紙の封筒から葉書を出してみた。

　二枚とも白黒の靖国神社の絵葉書で、文面は表の下半分に書かれている。宛名は、高田の父親宛てだ。消印は田園調布で、いずれも昭和三十一年十月である。

　思い出した！　昭和三十一年に呉の渡部家の長男泰和さんが結婚された時のものだ。

　高田は、農作業と冬支度で一番忙しい時期だった。東京に出ていた私が、父母に代わって星ケ岡茶寮での結婚式に出席したのだった。

当時の田舎の結婚式は、仕出し屋に婚礼用の料理を頼み、後は近所の女衆が煮物などを手伝い、自宅で行っていた。

雪国の町の商店のある通りには雁木《がんぎ》がある。家はいわゆる町屋造りで、入り口が狭くて奥行きがあるので部屋数があっても細長い。だから神社やお寺で式を挙げて、料理屋で披露宴を開いたりしていた。

私の家は奥座敷や仏間などがあり、襖を外せば宴会場になる。小学校の高学年の頃、町に住む友達が遊びに来て、「広い！　お寺さんみたい！」と言って、家の中を走り回った。

結婚式も葬式も自宅だった。

星ケ岡茶寮のような高級な結婚式場は、もちろん私は初めてだった。

披露宴の場では大勢のお客様に囲まれて、「本家の――」と紹介されても、どこのどなたかわからず、どう挨拶したらいいのか、おろおろした記憶が蘇った。その中に昭和さんがおられたに違いないが。

この葉書は、学生時代にお世話になっていた山上さん宅へ、実家から時々野菜などが送られてくる荷物の中に入っていた。

「光ちゃのことが書いてあるから送る」と封筒に一筆、父の字で書かれていた。

勇さんの葉書は、下半分にぎっしりと、しかも書ききれなくて、一緒に都内のホテルで泊まったという市川さんの葉書にまで続きが書いてあった。

「御陰様にて昨二十四日小雨こそ降りましたが、誠になごやかにして華やかなる披露宴にて、喜びと感謝に満ちて新郎新婦の新たなる人生の門出を祝福することができました。殊に代理として出席せられたる光子様の立派な態度に、実にうれしく感じました。流石に渡部本家の血筋を引きたる御人柄と心ひそかに誇りを感じました。実に申し分なき御息女なるかなと、市川と語り合いました。柳堤の柿の話も出ました。近き将来に市川と共に柳堤へ行ってみたくなり、また必ず行こうと行く約束しました。既に夜半、尚昔を偲びて語りあっています」

親しみのある文面だが、私に関しての文面は儀礼に満ちている。

呉の名士と、東京で博士号をもつ医師になっている長男泰和さんの披露宴は、映画の中のように華やかだった。田舎者の私は、着飾った人たちの中にいて、地味な学生服姿でかえって目立っていたのかもしれない。書かれているような立派なふるまいなどできるわけはなく、声を掛けられてもどなたかわからず、ただ頭を下げていたのだった。

日比谷公園の園長と聞いている市川政司さんからは、「雨降りがちの天候続き、さぞ御困りでしょう。先般お手紙を拝受、皆々様ご支障もないこと、お悦び申し上げます。今般渡部家の祝い事滞りなく、光子さん列席で済みまして、貴家の代理で渡部さんも喜んで居られました。しばらくぶりでよもやま話を毎晩語り居る処で、今夜は故郷話で持ち切り、柳堤を思い出し、寄せ書きを致した次第です。皆様へよろしく御伝えください。まずはこれで失礼」とある。

私の実家が、この人たちの本家として大事に思われていたとは意外だった。この葉書を送られてきて読んだときは、別に何も感じなかった。けれど、今の私には思いがけない内容だ。

小学生の頃だったと思う。家族で食事をしていた時、母は「今、こうして百姓をしているけど、ここの家は昔からの家で、先代は広い土地を持っていて、他人の土地を踏まないで関町辺りまで行かれたんだそうだよ。腰に刀を下げて、駕籠に乗って出入りしていたそうだ。いい暮らしをしてたんだって」と、言ったことがあった。

その時長兄は、「もう、農地改革なんかで時代が違うのに、母ちゃんはそんな昔のこと、いつまでも言ってるんだから」と苦笑した。

母は曾祖父から名のある家の跡取りとして大事に育てられ、そういうことを刷り込まれていたのだ。そんな先代の人たちとはかけ離れて、ずっと働き詰めで腰の曲がってしまっている母は、昔のことを口にして、この家を継いだ長兄にも同じ気持ちになってほしいと、自分の思いを告げたかったのだろう。しかし、兄のその遮りで、母は口をつぐんでしまったことを、ふと思い出した。

今まで私は自分のルーツを特別知りたいとも思わなかったが、この年齢になると気になり、立川駅のコンコースで、「士族の出ですね。話をさせて」と、見知らぬ女性に声を掛けられてから、もっとちゃんと母に聞いておけばよかったと、残念な気持ちになっていた。それに、「遠い親戚」と一括りにして聞いていたが、私の家と呉や市川さんとはどのように繋がっているのだろうか。それも知りたい。

この市川さんとは、私が東京に出て井の頭に住むきっかけを作ってもらった。だが、父母が亡くなってから、年賀状の交流も絶えてしまっていた。

当時を知っているかもしれないのは、唯一呉の勇さんの子息、昭和さんだけである。

家系図

家には、家系図があるはずだ。

私は思いついて、母がしまっておいた仏壇の引き出しから家系図を取り出して見た。

最初に、「元祖　廣島藩藩士　俗名渡部宮内《くない》」とある。

次の行から「初代　清雲給故信士享保元年（一七一六年）十二月二十二日没」と戒名だけだ。元祖があって、初代があるとは、どういうことだろう。宮内は、一六〇〇年代で元祖になり、次が初代で、もう少し早く亡くなっているのではないか。二代目が享保三年五月二十四日没、と二年後に亡くなっているのは不自然だ。初代がよほど長生きしたのか。

家督図を辿ってみると、三代目は二十三年間家督を継いでいる。

母に、大昔に大火で代々の書き物が全部灰になったと聞いたことがある。

今、手にしているその家系図は家督だけの図で、八代目まで戒名のみで書かれている。

だからそれ以前のものには、正確さは欠けているかもしれない。

九代目以降は、「十二代高徳院信誉誓願居士　俗名高信　行年八十五才」と、父の名前まで書かれている。

それにしても、どうして分家が広島に住んでいて、本家が新潟に住むようになったのか。父は昭和五十七年十月に、癌を患って私の家で亡くなった。母は高田の古びた墓所を整え、墓誌も新しい石に替え、父の名前を加えた。その墓誌の余白の隅に、「昭和六十年十月仏日　故渡部高信　妻渡部千歳建立　八十四才」と書いてある。その時に菩提寺である善導寺の記録を基に、家督系図もご住職によって書き加えられたのに違いないが、善導寺も火災に遭っていると聞く。どのくらい確かかは確かめようがないように思える。

私は今八十四歳で、ちょうど母がそのように先祖のことを思ってあれこれとしていた年に当たる。

私がこんなふうにルーツに関心を持ったということは、母からの何かのサインのようにも思える。

私の所にある系図は家督の流れだけだが、呉に別の系図があるかもしれない。

私は、年賀状と節季の葉書しか書いたことがないのに、そんな問い合わせをして厚かましいと思われるのではないかと少しためらわれたが、思い切って手紙を書いた。

「六十数年前に勇様からいただいた葉書が出てまいりました。皆様とどのような関係になるのか知りたく、呉のお宅に系図がありましたならお見せいただけないでしょうか」と、二枚の葉書と私の所にある系図をコピーしたものも入れて、手紙を出した。

令和三年三月のことである。

柳堤

私の実家は東城町《まち》だが、古くは「柳堤」と言われていた。

高田城から見て東西南北、本城町など城の付く町は主に武家町《まち》だった。その周りに町人町として南本町《ちょう》など、やはり東西南北の他、仲町、大町と、整然とした城下町である。

城下町を発展させるために街道が直線的に回るように整備し、交通・運輸にかかわる町や商業・流通にかかわる町などを配置してある。また、専門的な技術を持つ職人たちの町、桶屋町、鍋屋町、鍛冶屋町等も配置し、各町が城下都市として役割を持てるように成立させたというが、今はその町の名は、東本町、南本町などと整理されている。

では、「柳堤」という名前は何に由来しているのか、気になった。

生まれ故郷を離れて住んでいる人は誰でもそうであろうが、私も十八で東京へ出たので、生まれた土地に愛着を持っている。しかし、柳堤という地名にこだわりを抱いたのは初めてだ。

國学院を勧めた先生から来た手紙に、「東京でも何か書いているか。こっちに高田文化協会というのがあって、『文芸たかだ』という雑誌を隔月で発行している。会員の書いたものを載せているが、書き手にならないか」と誘われた。発表の場があることは嬉しいので、即入会した。

また、東京に来ている中学時代の上級生に、「高田を故郷として、東京で生活している人を対象に、【ふるさと上越ネットワーク】という交流会があるけれど、会員にならないか」と誘われた時も、すぐに入会していた。

だから、高田市が近隣の市町村と統合して大きな上越市となった目まぐるしい変化も、実際に行って案内してもらう機会もあった。また、『上越タイムス』という地方紙を取ったりもしていた。『文芸たかだ』の募集していた小説に応募して井東汎賞を受けたことで、『上越タイムス』に寄稿する機会もあって、高田とは縁が繋がっていた。

そこで、「柳堤」という町名の由来を訊いてみようと思い、高田文化協会に電話した。

事務局長の河村一美さんは、小学校から高校までの後輩で親しい。『上越タイムス』の一面に一ヶ月に十三日分の「波動」を書く文筆家でもある。

「地元歴史の第一人者の植木宏先生がいいわ。もう九十くらいでいらっしゃるけれど」と電話番号を教えてくれた。さっそくかけてみた。

「さあ、私は町名の由来については調べたことがありませんので――。市役所の教育委員会の文化行政課にお訊きになるとわかるかと。しかし、堤というと、川に関係があるかもしれないですね」

とてもお年とは思えぬ張りのある声での応対だ。私は電話を切っても、植木先生が「川に関係があるかも」と言われた言葉が耳に残っていた。身近にいつも置いている電子辞書を開いてみた。堤の隣に「堤奉行」という言葉が載っていた。（これかも知れない）と思った。

何よりもまず市役所へ電話をしようと、電話をかけた。四月三十日のことである。

電話に出た女性に「今の東城町二丁目は昔柳堤と言っていたのですが、柳堤という町名を説明したものが、そちらにありませんでしょうか」と尋ねた。

私の頼んでいることの意味がわからない様子で、何度も聞き返すので、「問い合わせの内容について窓口で書く決まりがあるのでしたら、その書類に書いて送ります」「では、そちらのファックス番号を」と言うので伝えると、折り返し、「ファクシミリ送信書」が来た。書き込んで連休明けに書類を出した。しかし、今度は何日待っても返事が来ない。電話をした時に「高田市史などにないでしょうか」と聞けばよかったかなと思ったが、あちらは専門なのに、そんなことを訊くのも失礼かと思って言わなかった。七月になっても返事がない。

『上越ネットワーク』の伊藤利彦会長に別の要件で電話した時、「柳堤」の名前の由来を知りたいと話した。すると三時間後くらいにメールが来て「昭和三十三年発刊の『高田市史・一巻』にありましたので、その部分をコピーして、今コンビニから送りました。お役に立つといいのですが」と。

出身地の市史を自分の書棚に揃えているとは、やっぱり一流銀行の頂点に立った人だけあると、改めて思ったのだった。

「堤奉行」とは書いてないが、「榊原藩は山奉行を置き、妙高山付近の山林で多くは栃の木を切って関川に流し、柳堤、川原神明下に陸揚げし、薪を作って藩用とし、残りを市民に払い下げた」とあった。これだ！

その市史には、大正二年三月の調査で、「柳堤」は九軒とある。私のいた時と同じ軒数である。だが、それだけのことに家系図に書いてある「帯刀御免、駕籠使用」は大げさな気がした。

それはともかく、「お願いした資料は手に入りました。お忙しいところ、お手数をおかけしました」と、行政課へ葉書を出した。

折も折、植木先生から「いろいろ調べましたところ、そちらでも本をお持ちかも知れませんが、〔江戸時代後期の城下町〕に、幕末の柳包（堤）村を描いた武家屋敷の絵図がありました。参考になると良いのですが」と、【高田開府四〇〇年記念号】の、その部分をコピーしたものが送られてきた。大きな川に沿って広い田圃が広がっていた。他の部分も見たかったので、私はさっそく河村さんにこの本の取り寄せを頼んだ。すぐに届いた。彼女の仕事は速い。多くの人がかかわってできた、貴重な記念誌だ。行政課で知らないわけはない。

色付きの写真が多く、高田周辺の歴史を詳しく説明してある。しかも、植木先生が送ってくださった白黒のコピーと違ってカラーなので、私の家の所は特別茶色の丸で拡大されていて、その一画が「大切ノ御包《おつつみ》（堤）」であるらしく、さらにその中の屋敷の脇に「包（堤）守幸七」と立て札があるのも読み取れる。幸七というのは、母の亡父幸七郎のことだろうか。否「江戸中期の城下町絵図」とあるから時代が違う。

そうだ、そういえば、父が亡くなってから、一緒に高田へ行った時、母がお仏壇に手を合わせて、私にしんみりと話をしたことがあった。小学生の頃聞いた話の続きだ。

「昔、先祖に幸七という立派な人がいて、昔関町と言ってた今の南本町二丁目に当たるあたりから、ここまで全部渡部の家の土地だったんだってさ。他人の土地を踏まずに駕籠に乗って出入りしていたそうだよ。その人のように立派な人物になってほしいと、その人の名前から、お祖父さんがわたしのお父ちゃんに、幸七郎と名前をつけたというのに。戦争へ行って、弾に当たって早死にしてしまった。どんなにか苦しかったか――。水が飲みたかったか、それを思うと、会ったことのないお父ちゃんが可哀想で、可哀想でねえ」と、お仏壇の前で、母は手を合わせて涙ぐんだ。その話は、この絵図にある包み守幸七のことに違いない。

私は、そんな広い土地があったのに、今は使用人どころか、祖父母や父母たちが身を粉にして働かなければならないとは、どういうことなのかと不思議だった。

それを言うと、母は「立派な人の跡を継いだのに放蕩をして、借金の抵当に土地を次から次に取られた者がいたんだよ。お上からの大事な田畑だから、それを取り戻すのに、後の、お祖父さんやわたしらが働きに働いてやっと片が付いたのさ。お父ちゃんは借金のことを承知で来てくれて、どんなにか働いてもらったか。そりゃ感謝してもしきれないんだよ。だから、何としても十分に供養をしないと、ねえ」と言った。

母が、「昔からの家」と誇りを持っているのは、私の生まれる前にそんな経緯があったのか。しかし、そんなに苦労させられても先祖を恨むでもなく、父親を奪った戦争を憎む様子もないので、私にはあまりピンとこなかった。

ともあれ「堤守」であったことがわかって一歩踏み出せた。

しかしまだ元祖は広島藩とどういう関係か、どうして広島から高田へ来たか。本家が高田へ移ったのに、どうして呉に分家が残っているのか、という謎を解明したくなった。

呉からの返信

呉へ出した手紙の返事が来た。

茶色の大きな封筒の中には、和美さんが万年筆で便箋五枚に書かれた丁寧な手紙と、B4三枚の家系図が入っていた。

これらは私が書こうとしているエッセイに使ってもよいと、昭和さんは了承されていた。

いつも儀礼的な葉書しか交換していないので読むのに緊張したが、とても親しみのある文面に和美さんの人柄が窺えた。


渡部家先祖が広島藩と関係があったことを初めて知りました。今まで何も知らぬまま私共家族は日常を過ごしてまいりました。父（勇）もこのことにふれたことはないと、記憶しております。夫（昭和）も知らなかったと申しております。

私が呉の渡部へ嫁いでから、何かの折、「高田の柳堤の家は、それはそれは立派な由緒あるおうちだよ。大きくなったら行ったらいいよ。冬は雪が天井よりもっと高く積もるんだよ。春になると柳の木が若い葉をたくさんつけて、堤の所にずっとずっと続いて、それは見事な眺めだよ」、と父勇は私たちの小さい子供たちに話していたのを覚えています。多分、父も懐かしく思い出していたのでしょう。

また、渡部の本家から、白いお餅の他に、黄の粟、みどりの蓬、ピンクの紫蘇餅、そして二センチ角くらいの色とりどりのあられを送っていただいたのを思い出します。母が、「このように手のかかるお餅をいつも送っていただいて有難い。どんなに大変なことでしょうね」と申しておりました。あられは油で揚げて、砂糖と醤油を煮詰めたのにからませてくれました。小さかった子供たちは大変喜び、「これはピンク、これはミドリ」等と言いながら各自のお皿に入れてもらったあられを、美味しそうに食べていたのを思い出します。

両親は健在の頃、毎年水道橋の能楽堂へ謡、能、仕舞等を鑑賞しに行ったり、実際に舞台で仕舞、謡、能を披露していたこともありました。

その折、市川政司・トヨご夫妻と会食したり、談笑したりと交流がありました。

東京に住んでおりました泰和兄家族は、市川家を訪れたことがたびたびあったように思います。けれど、現在はお正月のご挨拶くらいです。

アメリカに居ります哲光兄も、市川宅へ数度訪れたようです。

その折、広島から高田へ移住したことを聞いているのではないかと思い、只今哲光兄に問い合わせ中ですが、まだ返事がありません。

市川政司・トヨ夫妻は父（勇）とは従兄弟と聞いておりました。系図を拝見しますと、確かに「渡部宏源僧の次女トヨが、市川政司に嫁ぐ」とありました。

渡部宏源僧は、只今東京の上野にあります宗源寺とつながりがあるようです。渡部の菩提寺が宗源寺で、両親、泰和兄夫婦がお墓に眠っております。いずれ呉におります私たち一家も宗源寺様にお世話になります。毎年一回は必ず家族で上京し、お参りしておりましたが、ここ二年コロナの影響で上京しておりません。

私の夫の兄弟は六人です。上に二人おりましたが、小さなうちに亡くなりました。

父・渡部　勇
医師
昭和六十年十月没
（九十七歳）

母・まつ
平成七年十一月没
（九十六歳）

長男　泰和…平成十一年二月没（七十九歳）
長女　信子…大正十一年十一月没（二歳）
次男　哲光…アメリカ在住（九十八歳）
三男　逸郎…大正十五年七月没（三歳）
四男　昭和…九十歳まで呉市内病院に勤務（九十四歳）
五男　修治…平成二十八年十二月没（八十七歳）

右の系図が令和三年四月現在の呉の渡部の家族です。

泰和兄、哲光兄、修治弟は、大学卒業後すぐに呉を離れております。

四男の昭和は、子供の頃より病弱でした。そのため休学がたびたびで、入退院を繰り返していたようです。

両親に大変心配をかけ、迷惑をかけているので、東京の大学を卒業したら両親と一緒に暮らすと言い、呉へ帰ったと言っていました。私が嫁いだのはそんな時でした。

女の子がいなかったので、両親は大変私を可愛がってくれました。私どもの子供、男の子ふたりも同様に愛情を注いでくれました。両親は長いこと二人暮らしでしたので、家族が増えて一緒に暮らせて喜んでくれました。私も子供も大事にしてもらい、良い所へ嫁に来たと里の親も私も感謝しております。

取りとめもなく、私事を書いてしまいました。お許しください。

まだまだコロナが終息いたしません。

高齢者用のワクチンが漸く接種できるようになりました。一日も早い終息を願うばかりです。朝晩の寒暖の差がありますので困ります。どうぞ皆々様ご自愛くださいますよう心からお祈り申し上げます。

かしこ

令和三年四月十二日

系図と呉の家族の話

今までは、ほんの季節の挨拶程度のお付き合いだったが、その後は思い出しては、家の中にあった資料などについてこまめに知らせてもらえるようになった。大変助かり有難かった。

現在の呉の渡部家は四男の昭和さんが継いでおいでだとわかった。

成人された四人の兄弟で、今も健在なのはアメリカに移住し、大学で教えていた白寿になる次兄哲光さんと昭和さんだけになり、高田との関連を聴くことのできる人はいない。

過去の情報は入らないので、母まつさんから聞いたこと、和美さんの知っていることを併せて書かれてきた。

父勇のこと

●出身、小学校は聞いていない。養子先が東京だったので開成中学・旧九州帝国大学医学部卒業後、東京小石川生まれのまつと結婚。●呉海軍共済病院勤務中、ドイツへ留学（大正十四、五年頃）。ベルリン大学小児科、チェルニー教授のもとで三年間勉強。医学博士。父の留学時は、母、泰和、哲光の三人は母の実家小石川に移る。●父帰国後、家族そろって呉へ。父は呉海軍共済病院小児科部長になる。●父退職後、呉元町にて開業。昭和二十年七月一日の大空襲で呉市内丸焼け。その日のうちに、父母、昭和、修治の四人は、安浦の中切へ行く。ランプの生活。●家の麓に南薫造画伯が住んでいて、父が時々往診に行き、親交を深める。●終戦後、少し世の中が落ち着いた頃、呉市本通に家を建て、「渡部小児科医院」を開業。また、謡、仕舞、同志が集まり勉強会をする。呉地区は、喜多流（関西）が多い。油絵等は、開成中学同窓の小寺健吉画伯に師事し、「十五人会」を。●呉ロータリークラブの会員として奉仕活動。ロータリーは、世界大会、全国大会、地方会、また地区ごとに拠点があり、活躍した。全国大会、地方大会には、夫婦そろって出席。

＊

『呉日日新聞』の切りぬきも入っていた。

風貌　渡部勇氏

九大医学部きっての俊秀として呉海軍共済組合病院小児科部長に招かれたのは大正末期に近い頃であったろうか？　現代日本に於ける小児科学会のオーソリティーである渡部博士程の碩学が、臨床医として開業しているのはチョッと不思議に考えられるが、呉市民にとっては大きな誇りであろう。

かつて鳴らした故門田省三博士も氏の後輩として頭が上がらず、常に兄事していたもので、名利にテンタンな学者肌の直言が時には患家にとって難題にきこえる場合もあるようだが、これは博士の真価を解せぬ、縁なき衆生とでも言うべきか。（昭和35年3月8日・火曜日）

と、大きな写真付きで語られていた。私が、長男泰和さんの結婚式に招かれた四年後に当たる記事だ。あの時の披露宴の華やかさは、そういうことだったのかと、今さらながら頷けた。

兄弟のこと

兄弟四人は善隣幼稚園・五番町小学校・呉第一中学校。

長男泰和●慈恵医科大を卒業。結婚後、勤務医から、大田区で内科・小児科・耳鼻咽喉科を開業。両親を見習い、謡、仕舞を武田喜永師から、親子三人で教えを受けた。ロータリー会員として活躍――平和賞受賞。医学博士。

次男哲光《のりみつ》●旧制一高、東北大学理学部卒業後、三重県富士真珠株式会社研究部。三重県立大学水産学部講師。一九五七年渡米し、デューク大学研究員。一九九四年の退官までドイツボン大学客員教授等々。一九七六年にドイツ政府よりAlexander von Humboldt賞を、一九八一年にサウス・カロライブ大学よりRussell賞を授かった。一九八二年には昭和天皇にご進講をした。米国サウスカロライナ大学名誉教授。専門はバイオミネラリゼーション［生物の鉱物形成作用］。米国に移住・理学博士。

四男昭和●呉第一中学、慈恵医科大学へ、その間病気がちで休学も。卒業後呉に帰り、広島大学医学部小児科勤務。時々父の手伝い。父没後、平原へ移り、呉の病院に九十歳まで勤務。現在に至る。

五男修治《のぶはる》●呉第一中学、広島大学医学部小児科。尾道病院勤務。福山にて開業。後に埼玉県さいたま市へ移住、勤務医となる。医学博士。

次男哲光、昭和天皇にご進講

昭和天皇にご進講するために帰国し、米国へ戻った時侍従次長にお礼の手紙を書いた、その下書きが呉にあったと、コピーされて送られてきた。

当時の天皇陛下のご様子など窺える貴重なものなので、ここに引用する。

徳川義寛様（侍従次長）

拝啓

その後益々御健勝の事とお慶び申し上げます。この間は、日本人としてもまた如何なる国の人民としても中々得難い機会を与えていただき、ご配慮、御信服に厚く御礼申し上げます。無事大任を果たすことができ、安心致しました。

生物学に御造詣深い陛下に御喜び頂けたのでしたら身に余る光栄と存じますが、御期待に添えましたでせうか。終わってのご質問特に不肖私の研究に関し種々御下問頂きましたが、その何れも問題の中心を突いた、私共日夜研究に苦心しております点ばかりで、その深い御知識と御洞察力に深い感銘を得け、また同時に学者としての陛下への畏敬の念を一層深めた次第でございます。

帰学後学長○○博士及び△△研究所長××博士（※上記文字不詳）に陛下よりよろしくとの御伝言伝え、報告致しました。両氏とも大変感激、また喜んでくれました。

早く御礼をと存じていながら、帰米直後に採集と実験のため□□（※文字不詳）に出かけましたので、大変遅れて申訳ございませんでした。御容赦下さい。

私事に亘って恐縮でございますが、御前退出致しました翌日より数日間、郷里呉市に帰省し、今猶健在で居ります父（九十四歳）母（八十二歳）に報告し、孝行することができました。

父（渡部勇）は今でも小児科の診察を続けております。大戦直前迄は長らく呉市海軍呉共済病院の小児科部長をしており、開業後も引き続き、海軍の方々と深交がございました。

陛下が江田島兵学校に行幸遊ばされた際、御発疹になり、父に御相談がかかり、「ハシカ」と御診断申し上げた由でございます。（軍医長が帰任したので、直接江田島には伺候致しませんでしたが）

其の他東伏見宮及び妃殿下を始め、宮様方が呉に御滞在の際は、御不快の折は父が御診察を拝命した由でございます。猶、徳川様の御親戚にあたると存じますが、当時呉工廠配属の徳川造兵大尉の御世話もさせて頂いたと申しておりました。

また呉鎮守府長官をお勤めであった関係で、前侍従長、首相の鈴木貫太郎大将、孝子夫人とも両親深くお付き合いさせて頂いた由です。

その他、宇野千代様のお子様を診察しておりました関係で、後、千代様が常陸宮のお世話をなさった時も、いろいろ千代様から御相談あったとか。

何か御縁と申しては甚だ恐縮でございますが、何か見えない繋がりが感ぜられましたので、以上述べさせて頂いた次第でございます。

先ずは大変遅くなり申し訳ございませんが、御礼御報告迄。

今後も御鞭撻御願い申し上げます。

敬具

渡部　哲光

八月八日

今の開かれた皇室から比べると、当時の皇室へその道の第一人者がご進講に上がることは、大変名誉なことであったろう。渡部家一族にとって、誇りあることだ。

これには何年だったかの記載はないが、勇さんは昭和六十年十月に九十七歳で亡くなっているので、その三年前、昭和五十七年ではないかと推測される。勇さんは、哲光さんのこのことをどんなに喜ばれたか想像される。ご健在のうちに親孝行ができて本当に良かったと思う。

哲光さんは兄弟の中でも一番活発で、国体の体操にも出たとあった。いろいろエピソードを残しているとのことなので、その中から何か一つ聞かせてほしいと頼んだ。

これまでは葉書だけの交流だった。

右は粗筋を書いたもので、もっと丁寧に書かれていて、突然のお願いなのに驚くほどの親しみのある文面で、和美さんの優しい人柄が感じられる。知らないことばかりだったし、温かな気持ちになって繰り返し読んだ。

同封された家系図は私の所にある家督図の九代目からの、俗名の五三郎以降からだったので、元祖は書かれていない。

市川政司さんの子息一尊さんが、どなたかと養子縁組される時に必要があって、昭和五十五年八月に書いたもの、とある。

私の家の系図の場所は、「渡部高信氏からの聴聞」と断り書きがあった。若い頃の父から聞き取ってあったのだろう。父は五十五年の頃は私の家に居たが、そのような話は聞いていないし、五十七年に亡くなっている。

その家系図の柳堤の渡部の所には、年代はなく、欄外に《渡部宮内《くない》（柳堤見回り役、帯刀御免、駕籠使用。広島県出身）》とある。

ここで注目するのは、家督を継ぐべき長男の宏源が、臍の緒が袈裟懸になって生まれてきたために僧籍に入ったことである。僧籍に入ったため正式に結婚ができず、四人の子供は、実質の夫婦だった佐藤フジの私生児として届けられていることだった。その二人の間に生まれた次女トヨさんは、市川政司さんと結婚している。つまり私の手元にある二枚の葉書のうち、勇氏とは血のつながりがある。宏源の娘のトヨさんが政司さんと結婚したのでいとこだが、私の所も勇さんも、政司さんとは系図の上では従兄弟でも、血は繋がっていない。

この系図で勇さんは、東京に住む母親の弟伊代吉に子供がいないため、その弟の渡部家を継ぐべく養子として渡部姓をついでいる。養親は昭和十二年に亡くなっているので実母のヒデさんにも育てられたようである。

なぜなら、後に勇さんの書架から、「渡部家ニ関スル老母ノ話」があって、ヒデさんの話を聞き取って書いたのではないかと思う紙片が出てきているからである。

私の家を本家と言っておられるが、ヒデさん、勇さん、トヨさん、幸七郎も、みんな五三郎の血縁である。長男は僧籍で家を出ていて、二男の小弥吉が家督を継いだ。その子供

〈渡部家系図〉

初代　渡部宮内
柳堤見回り役
帯刀御免
駕籠使用
広島県出身

――九代　渡部五三郎
一八二〇（文政三）年頃生

長女　ヒデ…一八五〇（嘉永三）年頃生。
新井の薬種商に嫁ぐ。子供勇、ほか。

長男　宏源…一八五一（嘉永四）年頃生。
臍の緒の袈裟懸誕生のため僧籍に入る。
旧高田、南本町洞仙庵住職。東京都東上野宗源寺二十三世。
逗子市小坪正覚寺二十七世。大正六年七月二十九日没。

佐藤フジ…宏源が僧籍のため入籍せず。大正八年七月七日没。

二女　いせ…一八五三（嘉永六）年頃生。内山輝高に嫁ぐ。

二男　小弥吉…一八五五（安政二）年頃生。家督を継ぐ。
昭和十五年十一月二十二日没。

妻　マツ…一八五六（安政三）年頃生。
昭和十九年十月二十七日没九十歳。
一人息子幸七郎は、戦死。

三男　伊代吉…一八五七（安政四）年頃生。実姉ヒデの子、勇を養子に。東京に住む。
昭和十二年三月二十四日没。

妻　サキ…昭和十二年五月二十一日没。

四男　喜四郎…一八五八（安政五）年頃生。高津姓を継ぐ。
昭和十年七月六日没。

●渡部宏源と佐藤フジの子供はフジの私生児として戸籍法に登録

渡部宏源
佐藤フジ

長女　さい…佐藤熊太郎に嫁ぐ。
長男　重治郎…明治十六年生。
　昭和十八年五月六日没（六十二歳）。
次女　トヨ…市川政司に嫁ぐ。
三女　好子…小出家に嫁ぐ。

●渡部家嫡流

渡部小彌吉
妻　マツ

長男　幸七郎…日露戦役出征、撫順にて戦死（千歳が二歳のとき）、
　明治三十八年三月十日没。
妻　マト…昭和三十三年五月十二日没（行年八十歳）。

次女　千歳…高信を婿養子に迎える。子供（幸信、光子他）

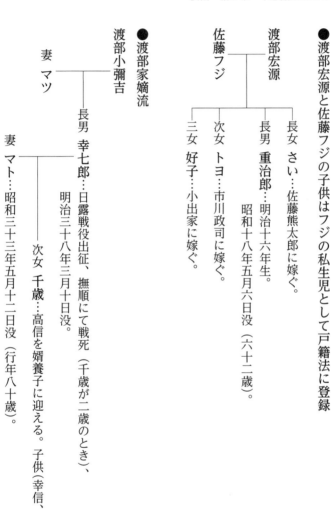

の幸七郎が戦死をしたので、ただ一人の子供である母が継ぎ、婿養子を迎えて本家になっているということである。

するると呉との付き合いも父親の五三郎に始まっていて、何代も前からの繋がりではないこともわかった。

私の母は父親と対面できなかったので信心深いのかと思っていたが、宏源の経歴を見て、もともと仏に仕えるような血筋だったのかなと思える。

呉の渡部さんでは、上野の宏源が住職をしていたお寺、宗源寺さんを菩提寺にされていると知り、ぜひ一度訪ねていき、お参りさせてもらおうと思った。

呉の渡部さんより、市川さんのほうが宏源の娘を妻にしているのだから、やはりそのお寺にお墓があるのかもしれない。

いただいた家系図で、母が一括りにして、「遠い親戚」と言っていた流れなどがわかって、ありがたかった。

その系図のことがきっかけとなり、「こういうものもありました。何かお役に立つ物でしたらお使いください」と、しばしば連絡をいただくようになった。

和美様

（略）けれど、本家が高田に居り、呉には勇さんが残っておられたのが疑問ですね。それについておわかりでしたら、また知らせていただきたく存じます。

渡部家の皆様の折々の写真をたくさん複写し、説明も付けてくださり、大変恐縮いたしております。一気にお近づきになった気分です。面倒なことをこまごまとして頂き、本当に感謝申し上げます。

毎年のように水道橋の能楽堂へおいでになって、泰和さんご一家共々古典芸能を楽しまれていたという、優雅なご趣味をおもちだとは存じませんでした。広いお住いの中に能や仕舞のお稽古舞台もしつらえられ、お仲間とお稽古会を持たれておられた写真を拝見し、和美さんはそのような方たちの御接待で大変だったのでは、と想像されます。

ロータリークラブの国際大会にも参加しロータリーから、泰和さんが平和賞も授与されておられるなど華々しいご活躍ぶりで、高田にいては全く存じ上げないことばかりでした。そのうえ、勇さんは学生時代からお友達と油絵を勉強する会を続けておられたのですね。

小寺健吉氏が描かれた勇さんの肖像画を葉書にされたものを何枚も送っていただき、ありがとうございました。祖父幸七郎の従兄弟に当たるわけですね。祖父の顔は見たことはないのですが、母は軍服を着た幸七郎の写真を持っていて、私も見ていました。勇さんの肖像画のやや角ばったお顔の輪郭が、よく似ていると思います。そして、小さい頃お会いした勇さん、哲光さん。泰和さんの結婚式でお会いしたお二人が幽かに思い出されました。

日々お忙しい中、豊かに人生をお過ごしだったことが窺え、親戚として誇らしく思います。他にまたルーツに関するエピソードなどありましたなら、お聞かせくださいませ。

光子

令和三年五月十九日

光子さま

エピソードなどのこと、私にはよくわかりませんので、夫昭和に訊きましたが、私のほうが良く覚えているでしょうと申します。

アメリカ在住の哲光兄は、他の兄弟より活発で、国体へ器械体操で出たりもしていたそうです。

光子さまのお手紙をコピーし、父の出身のことも訊いて哲光兄に送りました。その兄によりますと、勇については広島生まれと思っていたそうです。

九州大学医学部を首席で卒業し、学長から呉海軍共済病院へ行くように命じられて、呉に住むようになったのだと父に聴いていたそうですが。

父は、高田の柳堤のことはしばしば懐かしみ、泰和兄ともスキーに行っていたそうです。

「光子さんは、小さいのに杖も使わずにスキーをしていてびっくりした」とも書いてきました。白寿に近いものですから、一々手書きするのは面倒な様子で、パソコンで書いたエピソードを送ってくれましたのでコピーし、同封いたしました。自由に使ってよいと書いてありました。


〈哲光兄の回想〉

昔、呉は横須賀、佐世保と並んで軍港でしたね。そして、「軍人ホーム」とゆう海軍の下士官、水兵用の有料宿舎がありました。その経営者、舎監が十時（ととき）老先生でおばあさん。母と仲が良く母はいろいろご馳走を作って小生を使いに出しました。小生は軽業が好きで、学校のひけたときは、庭の松の木にぶら下がったり、屋根に上がったり、山で遊ぶか軍人ホームに行くかで、ホームはよく知るようになりました。今でも覚えているのはホーム内は土足禁止で、玄関に下駄箱とスリッパがあり、正面が大きな食堂、左に二階へ行く階段があり、上ると廊下と各部屋。廊下はガラス戸があり、上にある広島県立呉第一中学校の講堂に面し、時々上級生が演説をぶっているのを聴いている下士官や水兵さんがいました。

その日は彼らがいたかどうかは覚えていませんが、窓を開ければ屋根伝いにホームを探検できると考えた小生は躊躇なく、途中切れるとも気が付かず、屋根に下りました。スリッパまでは覚えていませんが、兎に角、つるつる滑って、樋の間に挟まってしまった。しばらくぶら下がっていたら、ちょうどそこへ、外出から帰ってきた十時先生の目に留まり、大急ぎで、ホームの水兵さんか、兵曹さんに助けてもらった次第です。

これで小生の冒険の一巻は終わり。

今でこそ、笑って言えるが、哲光さん自身も八十年近く経っても、パソコンでこのように回想できるとは、冷や汗をかいた冒険だったのだろう。

中学一年生くらいの思い出で、渡部家の言い語りになっているそうだ。全く、兄弟の中でも、いろいろな点で抜きんでてた少年だったらしい。

三月に始まって、右の手紙までの間、和美さんとは何回も書簡を交わし合った。

この間白寿に近い哲光さんから、和美さんに宛てた手紙を通して、スキーの思い出などを書いてくださり、矍鑠としたご様子だ。

和美さんが私の手紙を哲光さんに送られていて、「天皇陛下に真珠の話をされたと、母たちから聞いていた」という部分を、

「訂正していただきたいのは、小生は昭和天皇にはたとえ真珠のことをお話ししたにせよほんの少しだけで、大部分はサウスカロライナ大学のバルク研究所の置かれている（はぶかう）荘園の特徴のある自然についてです」とあり、大変失礼をしていたのだった。

哲光さんについては、その道で多くの賞も受けておられ、「理学博士渡部哲光」で検索すると、どっさり情報がある。しかし、専門の分野の内容で、私には猫に小判である。

昭和さんも、呉の病院で九十歳まで現役ということは、勇さんがやはり九十四歳の時も現役でいらっしゃったのと同様に、いかに市民の方たちに慕われたお医者様だったか、想像される。

母堂との話のメモ

光子さま
その後皆様にはお変わりなくいらっしゃることと存じます。
ここで、父勇の書棚を少しずつ片づけておりましたところ、同封しました封筒が出てまいりました。私たちにはなかなか解読が難しいので、そのままの状態で同封いたしました。（夫昭和も同意しております）
何かのお役に立てればよいのですが——。

取り急ぎ要件のみにて失礼いたします。

時節柄、どうぞ、ご自愛くださいませ。

かしこ

令和三年九月六日

渡部　和美

和美さんは、勇さんの本棚に在った封書を同封してくださった。

和美さんの便箋一枚に書かれている手紙と、上等な封筒に毛筆で一通、「渡部家先祖ニ関スル老母ノ話」と表書きがしてあり、封のしてないものだった。

私の手が震えた。五十年も前からそのままにしてある勇さんの書架を、私が出した手紙を機に少し整理をしようと思い立たれた。

そこに、この書類が出てきた。こんなことがあるとは！

封筒を開くと、鉛筆で、大小濃淡の文字で書かれた紙が無造作に入っているものだった。大事な文書とは思われない畳み方でもあった。その折り目を伸ばしてみると、文字の他にやはり鉛筆書きした地図のような紙が五、六枚入っている。川が合流している図で、矢代川、関川と書かれていて、矢印があったり、家が描かれた周りに竹藪や石垣等のある図面だった。

この地形、建物の位置は間違いなく私の実家を表している。これは何を意味しているのだろう。

考えられるのは、鉛筆書きの文字が強弱二通り交差しているので、母上と勇さんが話をしながら書かれたのではないかということである。

お二人がきちんと向き合って話をしているなら、字も線もしっかり描けているのではないか。母上が臥せった状態で、体を少し起こして描いたのではないかと思われる。

ヒデさんは長女として、本家について何か言い残したいことがあって、勇さんに話をされたのではないか。勇さんはそれを聞きながら、頭に入れているので、ここではこのメモ程度でも大丈夫だ後できちんと書こうと、無造作に母上の書かれた紙を折って、封筒に入れた。

しかし、粗末にはできない覚書だと承知しているので、毛筆できちんと表書きをされたのだろう。そして、その当時読みかけていた本に挟んだ。だが多忙な生活の中で、すっかり忘れてしまわれた――、と私は推測した。

母堂は何を伝えたかったのだろう。

それはもう知る由もないことだが、この人名や、場所について何が想像されるか、歴史家なら何かわかるかもしれない。

そうだ、植木先生に見ていただこう。

そう思い立ち、その紙をコピーしてみた。字が薄いために、家のコピー機より、コンビニのほうが良いかと試してみたが、やはり判読しにくい。とにかく試しにお願いしてみよう、と送った。

呉のお墓参り

九月二十六日日曜日、少し早いが長男の還暦祝いをした。京都から家族揃って来る予定だったが、やはりコロナが心配になって、残念ながら次男だけでやって来た。時節がら外食はできないので、いつもの私の手料理でのお祝いである。

翌月曜日は彼岸明けだ。私は一人で上野の宗源寺さんへ行き、お墓参りをするつもりでいた。九月十五日は母の二十七回忌なので善導寺さんにお経をお願いした。

私が以前、呉の渡部のお墓参りをしたいと言ったことを次男は覚えていて、付き合うつもりで休暇を取ってきたのだという。私は上野まで電車を乗り継いで行こうとしたが、

「電車では人ごみの中を行くことになるから、コロナ用心にお兄さんの車を借りて、車で行ったほうがいいよ。ぼくに運転させて」

と、運転好きの次男は言うので、車で行った。

宗源寺さんへは前々日に電話をしてあり、当日ご住職はあいにく不在のことはわかっていた。地下鉄稲荷駅のすぐそこに、お寺の入り口とわかる門柱が立っていた。

その門から、数十メートルの先にお寺の受付が見える。一歩進むごとに静けさが加わり、賑やかな街中とは思えぬ寺領だ。五十代かと思われる静かな感じの大黒さんが先に立って、墓所へ案内してくださった。お寺の建物に沿って鍵形に曲がると、石段になっていて、長方形の墓所に、整然とお墓が並んでいた。お墓の中の真っ直ぐな道の中ほどで足を止め、「こちらです」と恭しく手を差し伸べて言われた。一礼されると、そのままお寺へと戻られた。

このお寺のご住職は戦死されたとかで、両養子のご夫婦がお寺を継いでおられるのだと

聞いている。そのため、この渡部家のお墓の人たちのことも直接知らない。だから、細かなことは聴くことはできないと承知はしていた。

大きな真新しい塔婆が何基かお墓の後ろに立ててある。「え？　どなたの回忌？」と近寄ると、「霊鷲院勇誉昇雲居士三十七回忌追善菩提」と読めた。それと、「霊山院松誉清風大姉二十七回忌」、まつさんの二十七回忌――。母と同じではないか！

今年は、揃って回忌とは。そこへ縁あって私がお参りに来た――。またしても、今年は特別な年という気持ちになった。

三月に、二枚の葉書が出てきて、和美さんと親しく文通が始まった。半年後にお墓参りまでできるとは、ご先祖にここへ導かれたのだ、と思わずにはいられない。

お参りをして顔を上げると、お墓の「渡部」という文字に、つと男の人の顔が過った気がした。

以前勇さんの肖像画を葉書にしたものをいただいていたが、母が持っている父親の写真とよく似て描かれていた。母は勇さんに父親の面影を求めて慕い、憧れていたのではないかとまたも思うのだった。

墓石に掌を当てると、掌が墓石に吸い付くような感じがした。

「よく来てくれたね」と。

やっぱり先祖という繋がりがあるのだと、改めて感じた。

先ほどの大黒さんに、毎年呉からお墓参りに見えると聞いた。その呉のご夫婦のことでも、このお墓の前で何か話をしてもらいたかった。

墓所は、落ち葉は一枚もなく清められていた。昨日までお彼岸だったので、今日は全く人影もなく、ひっそりとしている。

家から持って行った花を供え、ローソクを立てて線香に火を移そうとすると、ローソク立てがない。周囲のお墓を見ると、やはり金網を敷いた線香置きはあるが、ローソク立てはない。街なかのお寺なので、不用心なためなのだろうか。

このお墓は、私と所縁のある方たちが眠っておられるのだと、不思議な思いで線香が絶えるまで静寂の中にいた。

家系図によると、この寺の二十三世だった宏源さんは、その後逗子市小坪の正覚寺の二十七世となり、大正六年七月二十九日に亡くなっている。

今度、正覚寺をも訪ねてみよう。

私たち佐藤のお墓はまだ更地だが、京都のお寺に決まっている。私の夫は次男なので、お墓のことが心配だった。それを話したことがある。息子が聞いていて京都でも話題にしたようだ。

伸子のお母さんは、「私は一人っ子だったのに嫁いだので、両親の墓は絶えてしまう。せめて隣に子供の誰かのお墓があればと思って買った墓地があります。私たちは親の墓に新しく名前を書き添えて入るので、墓地は佐藤さんに使っていただければ隣同士になれて嬉しい」と提案されたと、次男が伝えてきた。有難い話である。

私の実家と同じ浄土宗だ。私の家は知恩院に先祖代々分骨しているので、京都へ行く度にお参りしている。

「これって、ご先祖様に呼ばれているのではないかしら」と互いに言い合っている。

呉の和美さんは優しく、親孝行で気立ての良いお嫁さんが跡を継がれたと、ご両親、兄弟共々喜んでおられた様子だ。我が家も同じで、感謝している。

メモ解読

植木先生は私が送った母堂のメモの文字で、読むことのできる文字を拾い出して、説明できるところを推測してくださった。

以下・メモ

福島正則・矢代川、関の川　落チテキタ。

旗本。祖先渡辺九（久・宮？）内—遺業先祖渡部九内家来ヲ二名連レテ来タリ

内一名ノ家来ハ鷹部屋（現南城町二）ニキル（以下省略）

幽かに読み取られる文面には

一、福島正則の人名・旗本

二、祖先渡部九内と家来二人の消息

三、矢代川と関川が合流して淵を作ること

四、その水が榊原の城（高田城）に行かないように堤を作る

五、矢代川の瀬違いのこと（意味不明）

六、榊原侯より堤守の役名をもらう
七、田圃ができ、領有する。所有地は関町浦まで
などでしょうか――。

別紙に

佐藤光子様
すっかり秋らしくなりました。小生、研究会などがあり、返信が遅れまして恐縮です。お便りに同封されてきたメモは字が薄くて読めないところもありますが、歴史ロマンを楽しく拝読させていただきました。
光子様が求めておられる広島とのルーツは、このメモの最初に出ている「福島正則」が関係するのではないでしょうか――。福島正則は安土桃山時代から江戸初期の武将で、秀吉、家康に仕え、慶長五年に家康から安芸・備後（広島県）の領地約五十万石を与えられ、広島城主になりました。旗本でした。光子さまの遠い祖先は、この福島城主の有力な家臣だったのでは――。当時、広島藩五十万石とは大藩です。

福島正則は十九年程城主でしたが。その後、元和五年幕府に咎められて、改易され、越後魚沼郡の内（十日町周辺）二万五千石と信濃川中島二万石の計四万五千石に減俸されて、信濃川周辺で謹慎の身となりました。

この時、渡部様の祖先は、福島正則の家臣の一人として、自らの陪臣（二人）を連れて上越の周辺へ来られた――かと考えます。それは、江戸時代の初めの頃でしょうか。この時点での居所はわかりませんが、福島正則の与えられた領地が長野市・飯山市付近と、越後魚沼地区（十日町付近ですから）、両地区の中ほどに位置する高田の地には往来していたと思われます。

参考ですが、福島正則の子孫は旧領である川中島に三千石を与えられ住んでいました。

その後、メモには空間の時代がありますが、江戸時代中期以降に高田城主榊原氏と関係ができ、「堤守」という役職に抜擢され、柳堤に定住されたのではないでしょうか――。

かなり広い田圃も領有できた様です。

＊

江戸時代初期に福島正則と共に来られて、どこに住まれたか――。

榊原氏とはどのような因縁があったか――。

江戸時代前半が空白です。あまりお役に立てないようで、ごめんなさい。

植木　宏

令和三年九月二十六日

あの薄い濃淡のメモからこれだけ解明していただけて、ありがたいことである。

エッセイ教室の貴志友彦先生も、パソコンで検索したりして調べて下さった。けれど、思うような資料は見つからなかった。

植木先生からいただいた資料で、私なりにこの辺りで見切りをつけたいと手紙を出した。

植木先生の私見と呉に住んだ理由

お便り拝見いたしました。ルーツを纏められた由、おめでとうございます。大変な苦労だったと思います。その時代に居合わせた人がいないのですから。

渡部さんの御先祖様は、福島正則との関係で、江戸時代の初期に広島から高田周辺に移住され、その後、江戸中期以降、高田藩主榊原さんに認められ、「堤守」という高田城を水害から守る大事な役目を与えられました。榊原さんは幕府の援助を受けながら、関川・矢代川の治水に積極的でした。川の管理は藩としても大事な事業でした。

その後、この地に田畑ができ、堤村が誕生しました。ご先祖様は村の草分けとして、今の関町の南から藪野一帯の広大な土地を領有されていたようです。――歴史はロマンを駆り立てる要素を持っている物語の一面もあります。まとめられたルーツを楽しんでください。

〈私見ですが〉

植木　宏

令和三年十一月二十二日

と、前に読み解いた資料から、〈私見〉を寄せてくださり、私はこのまま使わせていただくことにした。

和美さんが、哲光さんに「本家が高田で、分家が広島にいる理由」を問い合わせてくださった。

「呉にいるのは、『父の勇が九州医科大学を首席で卒業し、教授の命で〔呉海軍共済病院〕へ赴任が決められ、それ以来呉に住みついたと聞いている』そうです。先祖が広島出身と哲光兄は知らなかったのではないか、と思います。」

（その時恩賞として銀時計を授かったと聞きましたが、戦時中、回収令によって金属類を供出。その時、記念の時計を手放してしまったとのことです。）

ということで、謎めいていたことが解決された。

令和三年三月に、たった二枚の葉書に端を発したエッセイだった。

先祖は何者かの部分は未だ曖昧だが、そのことはもういい。

「拝見した文書で、柳堤の歴史やロマンの一端を垣間見るような思いでした。柳堤の究明は、今後も続けるつもりです」と、歴史の大家の植木先生に言っていただけたことも、嬉しいことである。

これを書きながら痛感したことは、

「書くことは、思い出すこと。思い出すことは、感謝すること。それが亡き人への供養にもなる」と。

書かなければこんなに亡くなった人たちのことは思い出すことはないだろう。

私自身も実に多くの人たちにお世話になって生きてきたことを思った。もっと、もっとあの人のこと、この人のことも書き、お礼を言いたい気持ちである。

哲光・昭和両氏の逝去

この初稿の大方が書けた令和四年八月九日、エッセイ教室へ出かけようと門を出たところに郵便屋さんが来て、手紙を受け取った。中に和美さんからの封書もあった。

まだ暑い日が続いているので、講義が終わったらデパートに寄って何か涼しくなるような物を送ろうか、などと考えていた所に届いた手紙だったので、(あら、気持ちが通じたのかしら）と嬉しかった。和美さんの封書だけバッグに入れ、またドアの鍵を開けて他の郵便物は置き、駅へ向かった。

電車が来るまで五分ほど間があったので、ベンチに腰を下ろすと手紙の封を切った。

八月も中旬に入ります。あっという間の月日の流れに戸惑っております。（略）アメリカにおりました哲光兄は今年の一月に99歳、また夫昭和が95歳で老衰のため七月二十二日の朝、笑顔のような表情で眠るように亡くなりました。

夫はずっと自宅におりました。頭のほうはしっかりしていましたので、二人で昔の思い出話や写真を見たり、本を読んだりと。時々テレビのニュースを見ては、「コロナはまだ収まらないんだね」と話をして一日を過ごしておりました。去年の秋頃より食事ができなくなりましたが、「自分は何があっても入院はしません。延命処置はしないように」と強い希望がありましたので、在宅診療で、医師、看護師、ヘルパー、口腔衛生の医師、訪問入浴の方々と、たくさんの方々に助けられながら、静かに穏やかに過ごしておりました。

光子様からのお手紙や、エッセイ等、一緒に読みました。お珍しい東京の高級菓子も二人でお茶の時間を楽しみました。今では遠い昔のように感じます。本当にいろいろ有難うございました。もっと早くにお知らせしなければいけませんでしたのに、大変遅くなりましたこと、おゆるしくださいませ。（略）

かしこ

和美

令和四年八月六日

私は呆然とし、息をのんだ。和美さんはご家族の写真を複写して、小さなアルバムにして三冊送ってくださっていたので、呉の一族に親しみを持っていた。哲光さんは私の子供の頃を覚えていて、和美さん宛ての手紙の中に、その思い出を書いていてくださり、昭和天皇にご進講に上がっていたことにも私の記憶の訂正をしてくださっていた。矍鑠とした感じだったのに。年齢には勝てなかったのか。

これで、母と繋がる呉との親戚関係は途絶えてしまったと、私は自分でも驚くほどの寂寥をおぼえた。

この本ができるのに間に合わなかった。

これはまるで、母が待ちわびた梵鐘が出来上がる前に亡くなってしまったことに似ている。昭和氏は、「伝えることのできることは、みんな伝えたよ」と。

私が少ない資料を基に、どんなふうにルーツを纏めるか、楽しみに待っていてくださる様子だったのに、待ちきれないまま亡くなられたこと。

高野が「貴女の書きたいように書いてください。出版が待たれます」と、『水澄めり』の「後がき」の校正までご覧になりながら、出版を待たずに亡くなったことにも似ている。

私は、昭和氏がご高齢ではあっても、「東京にある渡部家の墓参りは、家族全員で毎年欠かしたことはありません。けれどここ二年はコロナのために墓参りはできないでいます」と、和美さんの手紙に書かれていた。だから、コロナが収束すれば昭和氏は上京され、お会いできることと楽しみにしていた。

私は茫然と腰を下ろしたままでいた。ふと気がつくと、目の前で電車の扉が閉まった。一台乗り遅れ、慌ててカルチャーへ遅刻のメールを打った。

和美さんへはすぐにお悔やみを書いたけれど、しばらくの間、何をする気力も失せていた。このエッセイを編集部へ送る約束の期限も過ぎ、昭和氏の逝去で少し書き替える必要も出たが、それをすぐにする意欲も湧かない。

「今日は月命日」と数えて、私の家の仏壇に供え物をして、昭和氏の分も手を合わせていた。

いつの間にか日が経って、和美さんから「無事四十九日の法要を済ませました」と、御供物が送られてきた。

そのご挨拶状を追いかけるように、「三日に上京致します。五日に両親や泰和兄の眠っている上野のお墓へ納骨を致します。もしご都合がつきますなら、是非お会い致したく存じます。東京のことは何もわかりませんので、日にちと時間、場所をご指定くださいませ。お忙しいことと存じますので、ご無理をなさらないでください」と、和美さんから思いがけない手紙が届いた。

どこで会おうかと思案したが、お寺が上野だから上野公園はどうだろう。俳句の吟行にも行っているので、様子がわかる。食事の前に少し散策するにはいいような気がする。

「お目にかかれるとは、とても嬉しいです。四日に上野駅公園口でいかがでしょう」と返事を出した。

上野の森

待ち合わせの上野の森は薄紅葉だった。前日が文化の日で、四日は金曜日なので人出もほどほどで、散策にちょうど良い。

約束の時間近くに、不意に後ろから手を握られ、びっくりして振り向いた。

「光子さんの手、温かくて柔らかですこと」と、見知らぬ女性がさらに強く手を握った。

「えー、和美さん?」と訊くと、綺麗でにこやかな笑顔が頷いた。

「ああ、びっくり。どうしてわかりました?」

私は、公園口の改札を出る人を見逃すまいと見ていたのに、和美さんは通らなかった。

「泰和兄さんの結婚式の時の写真を見ていましたから」。(まさか、六十年以上昔の私がわかるなんて、嘘でしょう)と訝った。

私より前に着いていたのかと「お待ちになりました?」と訊く。

「いいえ、少し。タクシーで来ました」「どちらにお泊りでしたか」「いつも高輪のホテルと決まっているのです」

ああ、そうだ。私たちが上野と言えば、コンサートにしろ、美術館にしろ、上野駅の公園口が待合場所だけれど、勇氏はロータリークラブの会長だったり、泰和氏はロータリー平和賞受賞の写真もあった。

名士の家の奥様だから、生活のレベルが違うことに今気がつくなどとは。

「お泊りの場所をうかがっていなかったので、上野までわざわざ来ていただいて済みませんでした」

「いえいえ。私は横浜生まれの東京育ちですけれど、きびしい家だったので、東京も殆ど知らずに結婚して、広島で六十年も田舎暮らしですから、上野がこんなに広いとは驚いているんですよ。上野と言えば西郷さんの像しか知らないの。ですから、今回は次男についてきてもらったんですよ」

二人の会話を近くでにこにこと聞いていた五十代かと思える男性に会釈をされ、慌てた。背広にネクタイではないので、親しみを感じた。

手紙では、互いに子供たちや家庭のことは殆ど書いていなかった。ただ、ご長男は広島の義務教育学校の校長で、四日も学校を留守にできないということは書かれていたが。

「今日は、こうしてずっと手を繋いで歩きましょうね」と、私の手を握りなおして言われた。

私は高校生の頃からは、女同士で手を繋いで歩いたという記憶がないので、少し戸惑ったが、和美さんはごく自然に私の手を握り、「温かい手ね」とまた言った。

なるほど、歩きながら話をすると、互いの距離が離れたり近づいたりして聞き取りにくいことがあるが、手を握っているとその間隔が保たれるので、会話がスムーズにできる。

きっと、昭和さんと散歩をする時も、こうして歩かれたのに違いない。

ご子息は挨拶した時、ごく自然に手を差し出して私の手荷物を持たれた。私たちの話の届かない程度の、距離を保って歩かれる。全てが自然で、もうずっと旧知の仲のような気持ちになって、薄紅葉の下を話しながら歩いた。

いくら手紙で交流していたとはいえ、こんな快い時間が流れているのが不思議だ。

東京藝術大学の中を案内するつもりだったが、生憎工事中で入れなかった。所々のベンチに腰を掛けて、鳥の声を聴いたりして楽しんだ。和美さんは、昭和さんと一回り違いの兎年だという。私より四歳下だ。若々しく美しい。文面から想像していた通り、知的で優しい人だ。

明るくてこんなに会話が楽しめるとは、思いもかけないことだった。

「なんだかずっと昔から、知り合いだったような気がしません？」

「本当に。不思議ですね」

「これって、電話でも話をしたことのない昭和さんが引き合わせてくださったんですね。代が替わると、血縁の絆も古くなって切れてしまうのに。昭和さんが年に二回の節季のご挨拶をくださって、つなげていただいたお陰。細い絹糸のように引っ張っても簡単に切れない絆として、私たちに残してくださったのですね」

「そうね。私たち、絹糸のように細いけれど、切れずにつながっている絆なのね」

「そう。東京にお墓があるんですもの、またお会いできるわね」

「お会いしましょうね」

そんな話をしながら、和美さんの声が良く聞き取れるのは、私が和美さんと電話で話した時、「ちょっと待っていて、補聴器を外しますから」と待っていてもらい、「補聴器がなかなか馴染まないの」と言ったことがあるのを思い出した。

このように手を繋いでいたら近い距離が保たれて、会話がスムーズにできる。そういうさり気ない気配りなのだと気がついた。優しいお人だ。

「ごめんなさい、のんびりお喋りしながら歩いていて。お腹空いたでしょう」

少し後ろを歩いているご子息を振り返って声をかけると、首を横に振りにっこりされた。

一緒に物を食べることで、一層親しみが深まるので楽しみだ。

ランチを予約してある精養軒への緩い坂を、私は和美さんと手を繋いで、幸せな気分で一歩一歩と歩いた。

仏様になられた昭和さんが、この森のどこからか三人を見下ろしておいでに違いない。

結び

調べて書くというエッセイは初めてだった。ルーツを辿るには多くの方たちにご協力いただかねばならない。呉の和美さんはじめ、お願いした皆さんが快く応じてくださり、何とか纏めることができた。その方たちに心から感謝している。

その纏めたものを独立させて、この本で後編として据えた。

去年、令和五年の暮れも押し詰まったぎりぎりに、出版社から初校が送られてきた。呉と植木先生に即、後編だけ送った。頂いた資料を私が間違えないで使っているか、それが心配だったからである。

その少し前、十月に高田へ帰って植木先生の所へ伺い、初めてご挨拶していた。私より少しお歳ではあるが、穏やかで矍鑠としておられ、お目にかかれて光栄だった。

初校の原稿をご覧になり、折り返しご返事が届いた。

（略）原稿を拝読させていただきました。

この原稿で若干の不安もおもちのようですが、渡部家のルーツを通して柳堤（包）の開村と、それに苦労されたであろうご先祖様の歴史物語の完成です。読者の興味をさそう文章の構成だと感じました。そして私の調査資料も加えていただき恐縮です。小さな点が線になる――これが歴史の楽しさでしょう。原稿を読み直している内に、小学唱歌「故郷」「赤トンボ」などを連想させられ、脳裏に刺激を受けました。感謝です。

一つのテーマを設定し、それを歴史的に位置づけるには、関係資料による構成力、さらに閃きを通して、歴史物語は生まれるのでしょう。

文中に「書くことは思い出すこと、思い出すことは感謝すること、それが亡き人への供養にもなる」と言っておられますが、まさにこの言葉は、書き手の究極の哲学と受けとめました。

出版が楽しみです。（略）

令和六年一月五日　　　　　　　　　　植木　宏

この年齢になって、またも嬉しい出会いが加わったのだ。思えば私の人生は善き人との出会いの連続だった気がする。この感謝の思いを誰に伝えたらよいのだろう。
とりあえずは毎朝手を合わせる仏壇に報告しよう。

おわりに

立川駅のコンコースの人ごみの中で、いきなり私の腕を掴み、私に声を掛けた貴女。

あれからもう四、五年経ちます。調べてみるとその通りでした。

もしまた貴女に声を掛けられたら、「どうしてそんなことがわかったのですか。私の方こそ、ぜひ貴女からその不思議を聞きたいのです」。そう伝えたくて、今でも時々人ごみの中をきょろきょろしているのです。

著者プロフィール
佐藤　光子（さとう　みつこ）
1936年（昭和11年）生まれ
新潟県上越市出身
東京都公立中学校勤務
俳句結社「麓」終刊後、「岳」へ
現代俳句協会会員、高田文化協会会員、ふるさと上越ネットワーク会員
【既刊書】
句集『蚕しぐれ』（1997年花神社）
エッセイ集『天に月』（2001年花神社）
エッセイ集『水澄めり』（2006年新風舎）
『課題で書く800字エッセイ』（2020年東京図書出版）

絹の糸

2024年5月15日　初版第1刷発行

著　者　佐藤　光子
発行者　瓜谷　綱延
発行所　株式会社文芸社
〒160-0022　東京都新宿区新宿1－10－1
電話　03-5369-3060（代表）
03-5369-2299（販売）

印刷所　図書印刷株式会社

ISBN978-4-286-27043-2　JASRAC 出 2400755－401